U0857820

碎了，轻盈的感觉

Broken

芳隅 著

山东大学出版社

怀念曾经与我擦肩而过的人

目　录

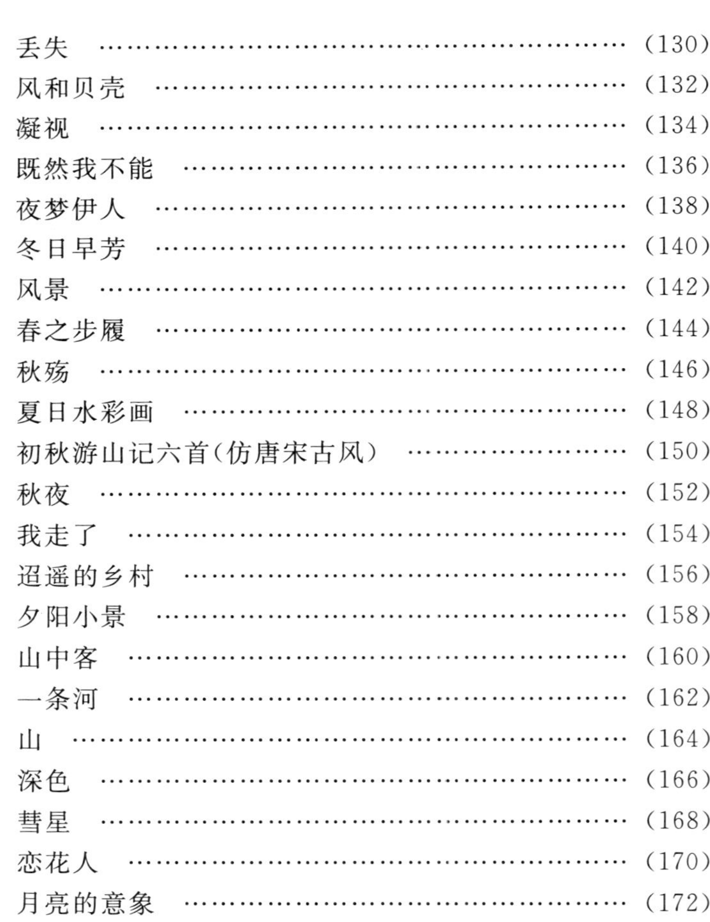

碎了，轻盈的感觉

Broken

碎　了

它们都是些
碎了的意象
碎了的悬念
碎了的韵脚
碎了的情感

因为我只有
碎了的时间
碎了的空间
碎了的自由
碎了的梦幻

我把碎了的一切
装在万花筒里旋转
但愿能变幻出几幅
完整的图案

1986年7月

我把碎了的一切
装在万花筒里旋转
但愿能变幻出几幅
完整的图案

嘴　唇

因为偶然
所以
嫣红色的嘴唇
与几只夜蛾
在路灯的昏影里
翩然醉舞
眼睛
在一旁呆呆地守望
所以
爱就是一场凝视

因为凝视
所以
眼睛
在焦虑中
盯着
那些唯美的印记
嘴唇
挂在枯枝上
即将被秋风摘走
一副失血的样子
所以
爱就是一场失落

因为失落
所以
耳朵
才依稀听到
嘴唇的呓语
梦
在一个美艳的吻中定格
所以
爱就是一场倾听

而眼睛
有些愕然
所以
依旧呆呆地望着
那些
游移不定的嘴唇
生怕
错过了今夜良宵
所以
爱就是一场偶然

2008 年 8 月 6 日

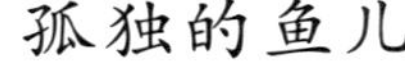

孤独的鱼儿

我梦见
地狱的油锅里
一条孤独的鱼儿
悄然游弋

生之快乐
死之欣然
在梦醒的瞬间
困惑生死之和谐

2006 年 6 月

生之快乐　死之欣然

轻盈的感觉

——高速公路上塑料薄膜的故事

一阵给力的风吹来
便有了轻盈的感觉
我悠然升起
妖舞在空中
就因为一无所有
便融入了虚无之境

车辆驶来又绝尘而去
与思绪相撞
我失控地上下翻飞
感受着莫名的躁动
命运不再是一个固定的程序
此时,我只想降落
奢望片刻的安宁

降落并非失落
在徐徐的过程中
某种幻觉偶然生成
是飘然的现实
还是梦魇的意象
信仰只是一种奇妙的纠结
人和虚无原来竟然如此趋同

就那么普通
也被一个深层问题所困扰
飘的过程完结了
目标却没能清晰
飘，象征着姿态的轻盈
让我迷恋也让我迷惑
让我梦醒也让我懵懂

就那么简单
我就随风飘逝了
并非因生命之轻而懒得思索
感觉一切的感觉
都难以确定

2010 年 1 月

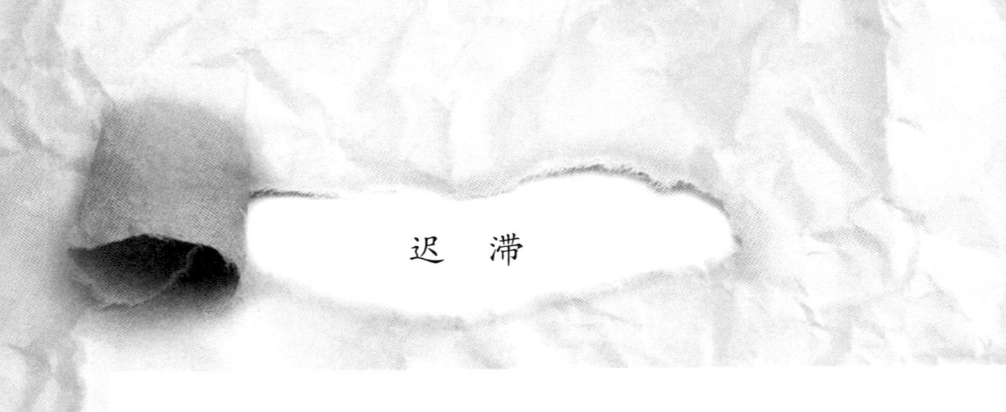

迟　滞

当硕果在枝头炫耀时
那缕瘦枝正萌发春芳

当群星结伴欲西沉时
那颗辰星才初露光芒

当海浪在无聊狂欢时
那处礁石却拒绝张扬

当人们都跑过终点时
我还在起点冥思苦想

2011 年 9 月

当人们都跑过终点时
我还在起点冥思苦想

雨 中

雨中
你莞尔一笑
没有给妖娆的心境
撑一把伞
淋得很媚情

雨中
你纤美的裸足
踩出一簇簇水莲
逍遥似凌波仙子
淋得很轻盈

雨中
雨丝被拉断
流云撩拨着树梢
你捕捉着每一种水的音符
淋得很拉风

雨中
你放飞思绪
如雨燕
无意返回巢

淋得很尽兴

雨中
你轻甩秀发
跳过摇曳的花丛
在芳菲的飘逸中
淋得很野性

雨中
你裸身闪过
自言自语
旁若无人
淋得很空灵

雨中
你风姿绰约
似在启发意象
似在意象之中
淋得很朦胧

1988 年 7 月

上帝与我

因为孤独
上帝就借我的大脑思考
之后
上帝也孤独了

因为多情
上帝就借我的眼睛哭泣
之后
上帝也多情了

因为淡然
上帝就借我的心境超脱
之后
上帝也淡然了

之后
上帝默然
随我而为
之后
这世界就只剩下
两个孤独的存在了

2016 年 9 月

因为淡然
上帝就借我的心境超脱
之后
上帝也淡然了

约吗？

——过了许多年，还是想念你

想你，约吗？
知道你定会赴约
在月色迷人的护城河畔？
在街角雅致的咖啡馆？

约，还是不约？
今生此岸还是来世彼岸？
约，还是不约？
有缘无份还是有份无缘？

恒星在天宇闪烁
彼此相距亿万光年
约，或是一种隔空遥望
牵手，总是那么遥远

一生都期待的约
逐成无奈的夙愿
约，总是被想象力撩拨
只在深夜的痴梦中忽隐忽现

约，并非开始
不约，并非结束

约，是欲望的延伸
不约，是延伸的思念

约，是一件精美绝伦的瓷器
碎了，就难以复元
不约，是人生尚未填写的答卷
填了，也未必圆满

约，是一个现实真爱的故事
可期可盼
不约，是一个心灵感应的故事
默默无言

只因那年错过
浪漫的故事就总在拖延
如今两鬓苍苍，心若止水？
想你，约吗？

2016 年 6 月

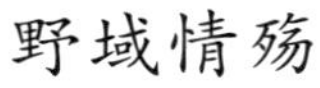

野域情殇

信手采撷野花
随性插在鬓发
边走边嗅清香
边嗅边做幻想
嗔怪也罢
矫情也罢
今日野遇奇葩
铸成一生牵挂

野风迷乱天涯
碎色残香入画
毕竟萍聚一场
无需潸然泪下
冷落也罢
怀念也罢
风尘自有野趣
何必一生牵挂

2015 年 11 月 9 日

风尘自有野趣
何必一生牵挂

泥泞的感觉

一落脚
便踏进了泥泞
没有路
到处纠缠不休
总是在漫漫的苦旅中
无望地喘息

一醒来
便踏进了泥泞
太阳并没有升起
旧梦还在不断纠缠
总是怀疑自我的感知
黑夜究竟已逝
还是永无尽头

一恋爱
便踏进了泥泞
泥泞把真爱围困住
心在泥泞中竭力挣扎
约会被搞得一塌糊涂
从一个泥泞
陷入另一个泥泞

美满总是那么遥远

一沉思
便踏进了泥泞
沉思的足迹
在泥泞中转来转去
碰上了一筹莫展的孔夫子
大家都一样
永远摆脱不了
那个泥泞的感觉

一想死
便踏进了泥泞
踌躇良久
黄道依然
只是在临死的回光中
意象本我
让泥泞的感觉幻化成
一枝清丽的红荷

1992 年 6 月 4 日

如果没有，会让我怎样

如果在我的星空中
没有无限的深邃和宽广
让我怎样去幻想呢

如果在我的视野中
没有天际的白云和霞光
让我怎样去飞翔呢

如果在我的心灵中
没有你的陪伴和关爱
让我怎样去坚强呢

如果在我的大地上
没有原野的河川和山峦
让我怎样去流浪呢

如果在我的沃土里
没有希望的种子和雨露
让我怎样去生长呢

如果在我的生命中
没有你的微笑和欣赏
让我怎样去歌唱呢

2016 年 12 月

如果在我的大地上
没有原野的河川和山峦
让我怎样去流浪呢

存　在

风雨存在于云雾中
云雾存在于风雨中
山河存在于大地中
大地存在于山河中
过程存在于时空中
时空存在于过程中
有形存在于无形中
无形存在于有形中
痛之感觉存在于感觉之痛中
爱之醒悟存在于醒悟之爱中

生命存在于死亡中
死亡存在于生命中
混沌存在于结构中
结构存在于混沌中
理性存在于癫狂中
癫狂存在于理性中

虚无存在于存在中

存在存在于虚无中

思之兴趣存在于兴趣之思中

万象之美存在于美之万象中

2016年5月23日

无人知晓的蒲公英

这是一颗松散憔悴的蒲公英
它永远不会哀叹命运的飘零
任凭狂风劲吹没有一丝惊恐
温煦的阳光也引不出它的柔情
这生灵好似永远漂泊的弃儿
轻浮自傲却也经不起嘲弄
我猜它许会在一个冷暗的春夜
降落在无人知晓的荒野之中

1979 年 7 月

这是一颗松散憔悴的蒲公英
它永远不会哀叹命运的飘零

寻　找

顺着曾走过的小径
去寻找丢失的东西
它们被大自然
收藏在
云雾遮蔽的野山

知觉
神秘兮兮地
忽隐忽现在树阴中

眼神
透过婆娑的草叶
脉脉含情地注视

手指
正捏着一朵山菊花
在荒径上游荡

脚印
嵌在泥土中
总是相依相随

舌头
在忘情地拥吻
现场撒满了语言的碎片

耳朵
躲在枯树干后偷听
蟋蟀示爱的喋喋不休

顺着曾走过的小径
去寻找丢失的东西
权且忘记了死亡的含义
快活地
化作山中的精灵

2004 年 9 月 9 日

迟疑

骤雨已过
云雾迟迟不肯消散
今夜
听见敲门声
却没能与你着面
知道你在迟疑
推开那扇门
就那么艰难

狂风已停
花叶迟迟不肯凋颜
今夜
听踱步渐远
泪湿衣衫
心门就在咫尺
回家的路
就那样遥远

2013 年 8 月 10 日

骤雨已过
云雾迟迟不肯消散
狂风已停
花叶迟迟不肯凋颜

你是风

你是风
你是变幻无形的风
今天吹靓了月
明天吹迷了星

你是风
你是冷热无常的风
今天寒冷刺骨
明天热浪翻腾

你是风
你是高傲任性的风
今天吹绿了荒野
明天摧毁了生灵

你是风
你是难以理解的风
今天情意绵绵
明天哀婉悲恸

你是风
你是放浪形骸的风

今天在海边逐波
明天在山谷荡情

你是风
你是来去无踪的风
今天从我身边溜走
明天来把我戏弄

你是风
你是永不止息的风
永远伴我孤傲的身影
永远伴我苦寂的旅程

1988 年 3 月 27 日

飞　鸟

一个影子
闪过
瞬间曝光
在大地的感光片上
印出一道
暗喻的条纹

一只红色的鸟
怡然远去
宛如飞翔的吻

期盼有一天
这爱的化身
向我飞来
衔来你常做的一个梦

1987年8月7日

一只红色的鸟
怡然远去
宛如飞翔的吻

就让我成为你遥远的记忆吧

那年
在边疆牧民温暖的火炉旁
你将一碗热腾腾的奶茶
递到我的手上
你是那位愿我长住却欲言又止的女子吗
可是,你我道别了
就让我成为你遥远的记忆吧

那年
我要乘车远行
在检票口
你用留恋难舍的眼神
默默注视着我的背影
你是那位回眸眷恋却坚定走开的女子吗
可是,火车开动了
就让我成为你遥远的记忆吧

那年
在月影摇曳的小树林里
一枚红叶怡然飘至
你将它轻轻拾起送给我
你是那位含情脉脉却羞于表达的女子吗

可是，寒冬来临了
就让我成为你遥远的记忆吧

那年
我走到你的墓碑前
一朵野花悄然开放
娇艳淡化着我的歉意
你是那位曾向我示好却执着一生的女子吗
可是，斯人已逝了
就让我成为你遥远的记忆吧

2017年2月

夜女孤魂

远处，低徊着苍凉的月
我猜，定会有一颗孤魂飞了去
静静地陪伴它

破晓前，月去了
孤魂在黑暗中颤抖
在空寂中惊惶

她飘入了我的梦
伤感地要我回答
能否摆脱呢

1981 年 9 月

远处，低徊着苍凉的月
我猜，定会有一颗孤魂飞了去
静静地陪伴它

被风干的旧梦

我的旧梦挂在屋檐下
已被风干
没有水分的回忆
在沉默无语中
伴着苍凉的老眼
在向雨季张望

一天又一天
旧梦层叠在一起
装订成一本厚重的书
依附在岁月的书架上
静候着唯一读者的到来

终于,旧梦干裂成碎屑
是如无数的口信
在无垠的时空中飘浮
执意要传达旧梦的意念
这一等,又是一个万年轮回

1992 年 3 月

旧梦层叠在一起
装订成一本厚重的书
依附在岁月的书架上
静候着唯一读者的到来

色

匆匆你我
擦身而过
上帝借我的眼
抑或
你借上帝的心
在那个妄想偷情的瞬间
留下了色的痕迹

在相互对视的莫名中
你颔首低眉而去
谁也没弄明白
我色
你色
还是上帝色?
因欲火难耐
彼此找到了色的理由

瞬间
一切又都归于平静
海如镜面
山岳安宁
瀑布不再倾泻
岩浆懒得喷发

所有被爱折磨的人
长长地舒了口气

不要回眸一笑
我会抓狂
我会越过色的界限
让你变成荡妇的模样
不要给我机会
不是我不认真
是因不能给出一份承诺
会让你一生都深深地失望

片刻
你向我招手
不经意地露出腋窝
那里气味浓烈
性感的荒草在疯长
我驻足呆立
你已渐行渐远
我还在犹豫
故事是不是就此开始

2015 年 7 月

我的二律背反

当睡意来临吹灭灯火
周围出现了神启的光明

当清晨醒来推开门窗
却迎来一场黑色的噩梦

当执意远离恼人的恋情
她却紧贴你的心灵

当独自在清新的林间散步
却不幸误入尘世之中

2007 年 6 月

当独自在清新的林间散步
却不幸误入尘世之中

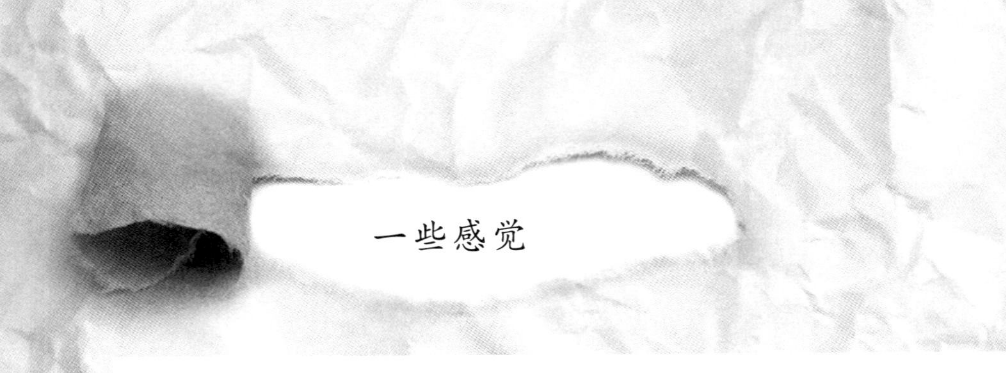

一些感觉

放下，却放不下
拿起，却拿不起

走过，却没遇见
遇见，却没相约

相聚，却很平淡
远离，却又想念

共处，却很陌生
陌生，却在纠缠

有缘，却在前生
今生，却未如愿

期许，却总落空
无望，却总希望

记住，却没理解
理解，却觉浅薄

说了，却未守信

守信，却无结果

听到，却没领会
未听，却有灵犀

媚俗，却又高雅
高雅，却又龌龊

闲着，却也忙着
忙着，却无价值

向往，却难起步
畏缩，却不甘心

梦着，却又清醒
醒来，却很迷茫

2016 年 9 月

全在我

苍鹰的巢做在山崖上
喜鹊的巢做在树杈上
燕子的巢做在屋檐上
我的巢做在月亮上
究竟孕育些什么
全在我

我孤独地躲藏在巢里
地球用海浪做舌头说服我
太阳用光明做礼物诱惑我
陆风用树梢做长笛邀请我
但是否随性而为
全在我

没有人能懂我的巢
巢是冥冥之中的构思
巢孵化着今生的意念
巢忽略了他人的存在
在巢里是哭是笑
全在我

1981 年 6 月

我的巢做在月亮上
究竟孕育些什么
全在我

今　夜

今夜
一个失恋者
伴着飘零的秋叶
踱回潮暗的寒舍
告别了夏日的躁动
心又一次枯黄了
苦若天穹上孤单徘徊的月

今夜
一个梦游者
在梦的孤寂中
将青春的记忆撕碎
抛撒在风中
任其飘零

今夜
一个孤独者
从梦幻的悬崖上纵身一跃
在相对论的时空中

尽情地触摸
伴着摩擦与呻吟
摔死在一种
极度快感的幸福里

1984年10月

我爱什么

我爱什么
我爱孤独
孤独一人漫游在荒野中

我为什么爱呢
在我孤独的王国里
脱离人世的嘈杂可厌
不再小心翼翼地生活

当我在尘世中
流尽了最后一滴泪水
当我对未来
丧失了最后一线希望
我爱什么呢

1980 年 3 月

只因那年错过
浪漫的故事就总在拖延

街——达利的梦幻

一只硕大的眼睛
斜倚着护城河的琵琶桥

蘑菇似的耳朵
长在潮湿的街角

烟头来回踱步
若明若暗地燃烧

报纸上散落的蝇头文字
在烧烤摊的垃圾桶旁萦绕

残破的霓虹像失眠者眼中的血丝
神经兮兮地闪耀

老道上练倒走的老头越加老道
枯枝上搭挂着疲软萎靡的钟表

阳刚的图腾插在街心
周围拥簇着美人蕉

几个粉色的指头
在路灯下清点一沓崭新的钞票

酒气的嘴唇和妖艳的蝙蝠
在马路中间舞蹈

黑沉的楼墙向街心倾斜
露出肉欲横流的蜂巢

歌厅的音韵牙膏似的挤出门缝
去幽会一只叫春的野猫

一个域外消息偷渡进城市
考验着偷听者的思考

戴着金链子的黑老大
在醉生梦死中逍遥

衣衫褴褛的流浪汉
静听着人间的怪叫

一句猥亵的语言
蛇一样钻入下水道

从庄严的楼顶的烟囱里
冒出一串串黑色的问号

一只猪正从街区上空骄傲的飞翔
引发了一群流浪狗艳羡的吠笑

一位理想主义者正在电视里朗读“天问”
打麻将的大妈们觉得很无聊

网线从街头缠绕到街尾
浑噩的众生在迷惘中争吵

睡梦中的人因梦想而焦躁
想必醒来也只能是无奈的苦脑

2007 年 8 月

沙漠旅人

我从沙漠走来
向前方的海市蜃楼张望
幻象或是一个永恒的归宿
归宿永远是幻象

海市蜃楼属于沙漠
绿洲只在梦中疯长
渴望或许被暂且满足
依然注定孤行远方

我从沙漠走来
又走入无垠的苍凉
一个永不回头的旅者
走不完无边无际的孤惶

1984 年 2 月

幻象或是一个永恒的归宿
归宿永远是幻象

变幻的云

变幻的云
从天边涌来
在一片混沌中
围成一个巨大的眼眶
太阳——上帝的眸子
被泪水浸湿
注视着一只苍鹰
掠过莽原

变幻的云
裂开几道伤痕
几束光线
剑一般刺向大地
在傲慢与压抑中
狂成一个自残者
在垂死的瞬间
血淋淋地喷出
红霞一片

远去了
变幻的云
在高山之巅

立成白马王子
让如许的山泉
汇成爱河之源
流向荒原大漠
盈满断流的河床
去润湿你干渴的唇

1988 年 7 月

隐　私

因爱而孤独
因孤独而沉思
隐私
被珍藏在一方抽屉里
方寸之间
布满星云和虫洞

并非
一切皆有可能
你我是相隔遥远的恒星
怪异的影子
沿着天文轨道
在不知疲倦地相互追逐
目光
在茫茫的天宇时空中
交相辉映
彼此欣赏
却无法相拥

1990 年 9 月

因爱而孤独
因孤独而沉思

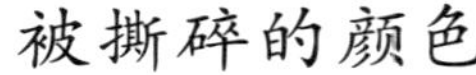

被撕碎的颜色

我曾被撕碎过
漫天的大雪
一片片沉默的白色
如飞舞的哑语
所有的思想都被冻结

秋风挥舞树枝的手
散发着绝望的黄色
如灵车撒出的纸钱
哀伤翩然于人世间

火山在沉默中爆发
喷出热烈的血焰
碎落的红色
在大地上冷却

电闪雷鸣之后
天空散落着残破的蓝色
一群赴死的雨燕
幽灵般掠过
如一群撕碎了的黑色

在我的记忆里
儿时的梦想也曾被残忍地撕碎
可为什么当初
它要聚成一道七色彩虹

1989 年 12 月

老　墙

墙缝
眯着眼看我
淡漠的眼神
苍老的回忆
斑驳的砖石上
留着我小时候的外号

我
也眯着眼
任凭怀旧的思绪
扑向墙
多少年后
也许当我死去
墙缝
会涌出泪来

1986 年 7 月

多少年后
也许当我死去
墙缝
会涌出泪来

2015年，城市的早晨

广场上雾霾弥漫
聚集着晨练的大妈们
环路上迷失的车流
在没完没了地狂奔

初升的朝阳蓬头垢面
欲在马路尽头沉沦
有谁还在无聊地赞美
那些毫无诗意的早晨

被熏染的广场鸽
在无知中惬意地飞耘
划出的暗色弧线
为朝阳平添了几道皱纹

天际线上参差的CBD
胡子茬般疯长的楼群

朝阳被扮成一副颓废的样子
旁若无人也无人问津

在没有蓝天映衬的日子里
混沌的活着特温馨
麻木的人们不再高歌“忐忑”
也不再傻傻地追问

朝阳坚守着永恒的信念
不得不向天空爬拼
几近绝望地寻找着
被人类欲望遮蔽的天堂之门

2016 年 1 月

化　石

时间在磨蚀我的躯体
只留下一具爱的骨骼
穿越了天荒地老
在命运使然中漂泊

就让我的思念
在你心灵深处悄悄淀积
亿万年后再次固成顽石
岩层中一定珍藏着
那年我送你的红叶

我将在你如烟的视野中
再次雄浑壮阔地隆起
我将把矢志不渝的信息
再次传递给你

1992年11月

我将在你如烟的视野中
再次雄浑壮阔地隆起
我将把矢志不渝的信息
再次传递给你

为什么活着?

一棵枯黄的秋草问一旁的松树
为什么活着?
松树说:我正郁郁葱葱地迎接新的一天

一只将死的夏虫问一旁的苹果树
为什么活着?
苹果树说:我正忙着生成一个个果实

一朵败落的春花问一旁的银杏树
为什么活着?
银杏树说:我活了千年从未想过这个问题

失恋的朋友问我
为什么活着?
我说:
不得不期许
不得不焦虑
不得不约会
不得不失恋
不得不应酬
不得不面对
不得不忍受

不得不呼吸
不得不沉睡
不得不活着
……

我也扪心自问
为什么活着？
或许，是为了一场没有谈完的恋爱
或许，是为了一个亦梦亦幻的憧憬
或许，是为了一种放心不下的责任
或许，是为了一缕无法释怀的追思
或许，或许，或许……
或许，只是为了一本还未完成的诗集

活着只是一场电影
许多人已经走在散场的路上
相互追问着一个古老的问题：
为什么活着？

2015 年 5 月

一片残叶

一片残叶
在我清瘦的枝干上
迟迟不肯离去

整个冬季
孤苦地坚守着
一个无法实现的誓言

在三月的一个夜晚
她悄然飘逝

不久
在我怀春的枝干上
又吐新绿

2007 年 3 月

不久
在我怀春的枝干上
又吐新绿

告别落尽繁花的季节

衰老如约而至
尽失桃花人面
没完没了的雾霾
咄咄逼人的严寒
妄图萌生的枯枝
正在悄悄地腐烂
曾经壮美的山河
意境尽失悠远
燃尽了的煤
不再是温暖之源
夕阳在沉寂的暮色中
慢慢黯淡

提前出窍的灵魂
落魄在茫茫宇宙间
探寻归宿的路
竟是那样昏暗
感知通过存在
与万亿星辰相伴
对灵肉相合的祈望
逐成奢侈的梦幻

若是心如止水

那就回归本源
越是临近生命的尽头
越要坚定信念
一定会有一种神秘的轮回
将死亡变成新生的起点
昨天还在向信仰吐槽
今天就变得如此谦虔

今生
无论精彩还是苦难
无论留恋还是遗憾
所有故事即将终止
却难放下一生情缘
在这落尽繁花的季节里
期许也留恋
让你我约定在来世
看海子[①]
端坐在
春暖花开的海岸

2013 年 2 月

---

① 海子：中国诗人。

最后的探望

我从你病患的视野中游来
伫立在你的回光返照中
你像是一幅褪色的画
贴在病床上
死神正引导你的灵魂
犹疑在通往黄泉的岔路口

在目光对视的瞬间
彼此阅读着生与死的意义
你呆滞的眼神
久久凝视着我
又从我的注视中滑落
或者,是对自我最后的失望
或者,是对人生的漠然置之
或者,是对活着最认真的祈求
或者,是对亲人最后的悲情挽别

应然
你会在一个遥远的地方
回忆一些遥远的事情

2014 年 6 月

应然
你会在一个遥远的地方
回忆一些遥远的事情

红色的油漆桶

弧状的海湾
弧状的天穹
层层海浪
如一条弧状的蕾丝带
将大海与陆地缝合

在潮间带上
海浪怂恿着一只红色油漆桶
来回游荡
一条老船睡意惺忪
低着布满皱纹的头
倦卧在沙滩上

风起
油漆桶在沙滩上夜奔
喊叫着激进的口号
老船无动于衷

一轮圆亮的梦幻
悄然升起
月，优雅地走进了宏伟壮丽的舞台
万物倏然安静
大海屏住呼吸
不时鼓起透明的胸膛

红色油漆桶止住脚步
呆呆地望着
海风掠过
不时发出古老陶笛的音响
凄婉而悠扬

清晨，众星谢幕
潮水在鼓掌
天际，白昼的大幕正徐徐拉开
万物苏醒，彩云飞扬
期待着伟大的演员——太阳
闪亮登场

海面上漂着老船
阳光浸湿在海风里
宛如绸缎的天幕
在时空中扶摇变幻
红色的油漆桶
迎着海风咯咯地傻笑
一切都变得淡然
一切都那么安详

1992 年 3 月

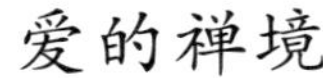

爱的禅境

当萦绕在青瓦上的雾气
被晨阳慢慢驱散时
我循着佛祖的灵光
看清了你雍雅的面容

当夜宿在菩提树上的老鸦
被敲响的晨钟惊飞时
我循着悠扬的天籁
听到了你祈愿的真诚

当庭院中的香炉
被进香的人们点燃时
我循着袅袅的知觉
嗅到了你气息的芳茗

当傍晚寺院的大门
被低首踱步的老僧关上时
我循着冥冥的思绪
走进了你私密的心境

2016 年 12 月

我循着袅袅的知觉
嗅到了你气息的芳茗

影像的世界

梦中
我在端详你的肖像
瞬间，我也成了肖像
被你端详
说不清
是在相互知觉一团斑斓的光影
还是在相互知觉真实的质感

不要认为
只要相互凝视
就捕捉到了真实
就窥探到彼此的内心
墙上的你和现实中的我
都是心的影像
在不确定的恍惚之中
推测着彼此的存在与虚无

过去是完成的影像
未来是意念的影像
“永恒”指向虚无
“存在”转瞬即逝

真实
总在爱欲之后呈现
捕捉真实
是在导演一场
没完没了的电影

2013 年 5 月

宛如风中行走的乞丐

一块塑料布
被寒风裹挟
流浪在荒凉的山坡上
被冬日的孤树收留

北风呼啸
枯枝撕扯着
塑料布残破不堪
两者纠缠不休
交集成一种完美的合体
宛如风中行走的乞丐

不久
春天来了
枯枝萌生了新绿
塑料布不再躁动
隐逸在繁花绿叶下
默然而安详

2013 年 7 月

两者纠缠不休
交集成一种完美的合体

我存在吗？

山坡的丛林中
一棵绿树
无论怎样搔首弄姿
也不会显现它的独特
只有死在万绿丛中
让自我
披着死亡的枯黄色彩
硕立于风雨的呼啸中
才会被人注目
死亡了或许就存在了
可是
我
真不知道
为什么
你
就是不看我一眼

漫漫的荒漠中
一棵绿树
孤独地伫立
迎着炙热的流风
醉舞

面对这迷人的风景
谁能无动于衷?
差异的生存
就是一种存在
可是
我
真不知道
为什么
你
就是不看我一眼

2012 年 9 月

蜘　蛛

白昼来临
在天穹上
太阳像似透明的蜘蛛
用它的金光
织就了一张辉煌的网

一只苍白的月亮
无望地挣扎
星星成群地逃亡
我因无法闭上眼睛
被你捕获

1989 年 1 月

我因无法闭上眼睛
被你捕获

只缘一个电话

只缘一个电话
但……

只缘一个电话
就迷失在声音的魅惑中
你将慢慢地长大
慢慢地成熟
慢慢平复涌动的春潮

只缘一个电话
就投身到纷繁的人世间
你会淡淡地放弃
淡淡地生活
淡淡地把我忘却

许多年过去了
你从容而又伤感
常常站在我的坟墓边

常常自言自语
常常泪流满面

而这
只缘一个电话

2015 年 5 月

水塘边的邂逅

碰巧
我路过一汪水塘
遇到了水中游弋的月亮

奇怪
我停下了脚步
月亮也驻足与我相望

无奈
我悻悻地走开
月亮也瞬间回到了天上

从此
水塘就成为
我和月亮约会的地方

2017年2月

我停下了脚步
月亮也驻足与我相望

铃 铛

偶然
我从你身旁经过
听你摇响了铃铛
我驻足回望

自然
我从你的疏忽中
偷走了铃铛
我窃喜若狂

欣然
我走进你的心底
摇响了一段美好的时光
我永志难忘

茫然
我变得十分认真
你却游戏放浪
我抱铃惆怅

应然
在很久以后
我定会找到你
亲自为你摇响这只铃铛

1990 年 7 月

眼　泪

眼泪
是失落在天边的晨星
是心灵孕育出的珍珠
是粘在晨曦上的露水
是你委屈时的表白

在荒凉的野山里
是哪片叶子亲吻了它？
是哪阵微风掠走了它？
是哪缕阳光偷窃了它？
是哪丛小草珍藏了它？

你凝视着我
眼泪汇成小溪
深情地
浮游着我的相思

1988 年 7 月

只祈望在你片刻的疏忽中
从你沉默的天空
飘回我为你描绘的风景里

知道你的沉默

知道你的沉默
知道你把落日的影子
揉成一团暗淡的药丸
吞服
知道沉默是苦的
知道它不能医好旧日的创伤

在雾霭堆砌的清晨里
知道你在沉默中
无声地落泪
知道沉默是有节奏的
在静谧的凝滞中
才能听到桃形心的跳荡

你的沉默
远没有给我一个深沉的安慰
想知道你是否永远
紧闭双唇
用没有语言的冰川舌
把旧梦冻结

知道那是一个令人怀念的故事

它去得很高很远
像一只平稳无语的纸鸢
没有线握在我手中
知道那纸鸢终将会飘然不见
只祈望在你片刻的疏忽中
从你沉默的天空
飘回我为你描绘的风景里

1992 年 3 月

静啊，初冬的夜

静啊
初冬的夜
林中
我的脚步使静有了节奏
一只夜蛾
合着我的节拍
在枯枝的瘦影中病舞
静啊
我的初潮

我忽然想起
那些快乐的叶子
叶子呢？
我抬头望去
枯枝缭乱了星空
叶子呢？
静啊
初冬的夜

1979年11月

我抬头望去
枯枝缭乱了星空

月亮·萨克斯·影子

静谧的子夜
空中悬着金黄的月
和一支金黄的萨克斯管
空濛的宇宙
深蓝色的风掠过
一曲郁郁的旋律
浮游着我的相思
飘扬在如水的月光里

就为了今晚的夜梦
千里之外
我站在山岗上
任由孤独的影子
向你延伸
圆亮的月
从背后托出一个幻妄的轮廓
驻留在你的床前

月光浸湿了窗帘
你挣扎着
总想摆脱无望的凝视
隔空遥遥

又演千里共婵娟
不知为什么
在错乱的梦魇中
总是挥之不去
孤单的月亮
忧郁的萨克斯
执着的影子

1992 年 3 月

忽然想起故人

那天傍晚
在济南的街市上
与你擦肩而过
忽然想起故人
惊鸿回望
我认识你
似乎是发生在前世的故事
你也认识我
只是将记忆尘封

生命的路太漫长
怀旧就成为一种时尚
或许还将有约
在陌生的今世中
寻找曾经熟悉的痕迹

2010 年 11 月

惊鸿回望
我认识你
似乎是发生在前世的故事
你也认识我
只是将记忆尘封

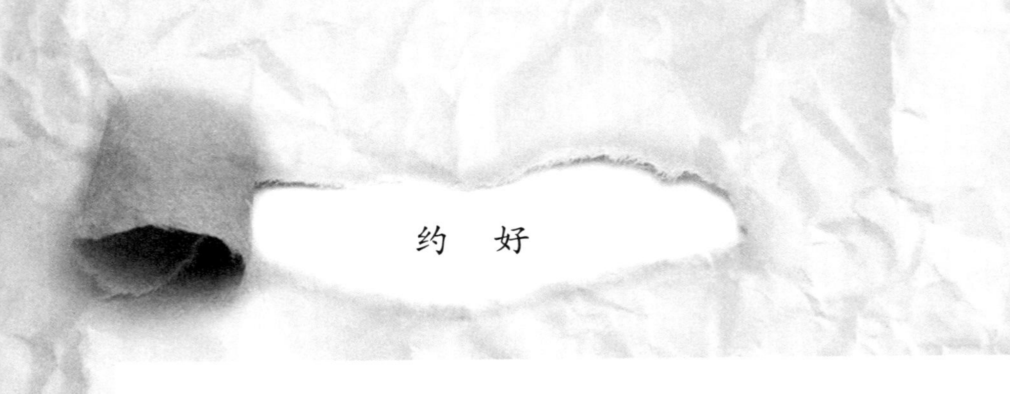

约　好

昨天
就约好
今天下雪
白皑皑的
你在等我
一条艳红色绒巾
围在脖颈上
向我微笑

去年
就约好
预感
今天的雪好大
循着艳红的记忆
为你
捎来了情话
你可知晓

前世
就约好
那时
有一只鸟

在白雪童话里
嬉戏
脖颈上长满了
艳红的羽毛

2016 年 3 月

从月光里伸过你的手

从月光里伸过你的手
秀美温柔
第一次握手
却表明要分手
愕然中
关闭了你的心门

不要认为
只要握住手
就握住了真实
就握住了心
手是真实的
心只是虚拟的幻象

此刻
我手里只留下
一缕凄清的月光
一缕淡淡的离愁

1984 年 1 月

不要认为
只要握住手
就握住了真实
就握住了心

掠过我梦之原野

你是风
掠过我梦之原野
深蓝的天空
北极光在躁动
一群白色的狼
在不安地奔跑
远处的枯枝上
倒挂着许多鲜红的心
迎着你
叮当作响

你是风
缠绕在我的梦里
发出蛇一样
嘶嘶的叫声
流星的火柴
划亮了天空
一瞬间我才看清了
风的原形
可我
永远抓不住
风的衣襟

留不住
风的柔情

你是风
掠过我梦之原野
撩起我一个深沉的鼾声

1991 年 3 月

春夏秋冬的小资情调

这场春雨
匆匆一瞬
只是润湿了你的唇
并未浸透你的心

夏夜的星空
分外灿烂
我是墙缝中的痴虫
独守着黑暗

秋风来了
撕碎了风景
你来了
撕碎了我的心境

冬季的寒冷
并未冻结斑斓的翅膀
这只彩蝶
正在纷扬的白雪中飞舞

2017 年 4 月

这只彩蝶
正在纷扬的白雪中飞舞

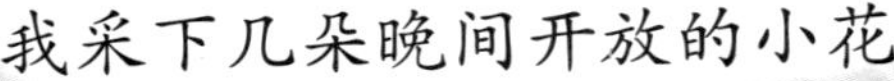

我采下几朵晚间开放的小花

已是黄昏后
月下无人约
我独自走在昏影里
因没有爱
暗自轻叹

城郊外
情侣影影依依
私语切切绵绵
我采下几朵晚间开放的小花
轻轻地
投入记忆的花篮

已是子夜后
月将落西山
夜
因爱的存在
星空灿烂
我苦望着东方的地平线
等待升起

属于我的那颗星

夜的尽头
黎明的星星在闪烁
冷漠清灵
一如永远难得的爱欲
闪动着露水姻缘的眼睛
当我呆望她时
她却隐入神秘的太空

1976 年 4 月

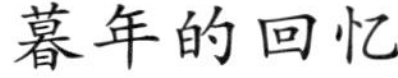

暮年的回忆

远处的大山
盛开着金黄的小花
花丛中
珍藏着往日的心情

今晨独自回忆
也是雾雨蒙蒙
身边的是那么遥远
远逝的却贴紧心胸

呆呆地活在暮年
远山变成一个梦
梦中伊人向我走来
深深地拥入我怀中

1997 年 7 月

我采下几朵晚间开放的小花
轻轻地
投入记忆的花篮

风筝与放飞者

你在风筝上描画
睁圆的眼睛
长满胡子的下巴
从未放飞过别人
而今却被你放飞
看你把线拉紧
探试着风的力度
看你在沙滩上奔跑
让我尽情享受
扶摇直上的感觉
你把狂躁心绪
通过绷紧的线
传递给我
让我飞得那么高远
却把一切看得那么迢遥

我忘情地凝视
你为我展开的视野
列车从城市蜿蜒开出
幽如一条出巢的蛇
高大的烟囱
在气流的摩擦中

发出怪异的喘息声
让我回忆起
一个夜梦中发生的事情
我看到你
布满欲望的面孔
如同东非大裂谷
那样悠久而苦痛

风旋转起来
风筝不安地
拧成色彩斑斓的躁动
在如痴如醉的体验中
失望地坠落
让我
神经质的眼睛
布满了伤逝
诧异的嘴
张成一个残缺的句号

让风筝平静地回归吧
让紧张的情绪随之松弛
请把我按照天空中的样子

挂在小木屋的墙上
直到在一个妩媚的日子里
沙滩上吹拂着自由的风
再将我放飞啊
我定会飘得很动情

1991 年 3 月

却把一切看得那么迢遥
让我飞得那么高远

飘至的秋叶

所有江河的思绪
都静静地凝滞在
这片小小的秋叶里
那只迷茫的小船
沿着脉络上溯
认真寻觅着一个我喜欢的答案

或者是
你在早秋悸动的林中
采撷的一片灵感
夹入那本探索的诗集
让我的手指
在不经意的翻弄中
意念和意念相遇
在相对无语的沉思里
猜测着对方的心事

人生仿佛是一场等待
大千世界,万种叶子
是否有属于我的一枚

你从一个秋天里飘然而至
摇醒了一个孤幻的梦
秋风翻开心灵的词典
告诉我“一叶知秋”的新意

1992 年 9 月

面对你的沉默

就让我习惯猜测地苦恼吧
不要轻易亮出你的红绿灯
我正躲进你无语的雾霭中
去虚构一个美丽的故事

就让夜鸟在深夜寻觅吧
不要轻易断定她的归宿
在午夜星河的花廊里
我已和你对饮了一杯

就让沉默的土壤埋住心吧
不要轻易拣走真爱的种子
假如你觉得生活属于自己
为什么一定要开口说话呢

1990 年 5 月

在午夜星河的花廊里
我已和你对饮了一杯

贝壳碎了

明丽的秋日
贝壳
裸卧在沙滩上
栗色的条纹
慵懒地
卷起一束金色的阳光

贝壳碎了
抽象的结构被抽离
往事点点烁烁
回忆
因破碎而变得完美

深夜
我从你梦幻的海边散步
收集起破碎的贝壳
映着夜空的星辉
在沙滩上
拼成一枚闪亮的心形

1991 年 7 月

贝壳
裸卧在沙滩上
栗色的条纹
慵懒地
卷起一束金色的阳光

老 树

一棵老树
长成老妪的模样
在黄昏的雾霭中摇晃
干瘪的枝叶
将流风撕裂
引发出一声声凄厉的尖叫

衣衫褴褛
树皮开绽
渗出的黏重液体
浸润着许多年前
刻蚀在树干上的
一个痴情人的誓言

年复一年
被衰老折磨着
布满皱纹的眼睛
黯然伤神
无视路过的苍生

清晨
残疾的枯枝

如挽起袖子的手臂
高高扬起
沧桑的指尖上
缀着几许嫩绿的叶芽

2013 年 4 月

丢　失

也许真的丢失了
山峦丢失了碧绿
大海丢失了蔚蓝
如果不是丢失了
我的心境为何也失去了色彩

也许真的丢失了
长河丢失了源头
太阳丢失了光芒
如果不是丢失了
我的赞语为何如此苍白

也许真的丢失了
尖刀不能没有刀锋
思索不能没有灵性
如果不是丢失了
我的爱在哪里呢

1990 年 1 月

尖刀不能没有刀锋
思索不能没有灵性

风和贝壳

风吹来
贝壳收圆了口型
低低的吟唱
仿佛来自远古
黯然神伤

海浪像一个节拍器
在大海的舞池中回旋

是悲伤的情歌？
是莫名的躁动？
是留恋的痴情？
是难耐的期盼？
是爱意的纷扰？
是记忆的隐痛？

风劫掠了
那份迷蒙的意识

远方
一位年轻的姑娘
静听着

总觉得那是一份真切的呼唤
像我一样
听不清
只能领会

1991 年 6 月

凝　视

凝视
是一个过程
短暂的凝视
只收获一种迷人的印象
长久的凝视
却让凝视变得淡然

那年
我躲过众多眼睛的封锁线
在凝视中
捕获了你的一道情眉

1988 年 4 月

短暂的凝视
只收获一种迷人的印象
长久的凝视
却让凝视变得淡然

既然我不能

既然我不能冲破
那堆郁郁的愁云
为你挥洒出一片艳阳天
为什么
我还要执意放飞
那只白色的小鸟

既然我不能拓展
那处小小的绿洲
为你长成一片广袤森林
为什么
我还要执意等候
那片红色的秋叶

既然我不能吹起
那阵神怡的海风
为你鸣奏一片快乐时光
为什么
我还要执意保存
那个栗色的海螺

1993 年 4 月

秋风翻开心灵的词典
告诉我“一叶知秋”的新意

夜梦伊人

不知为什么
我总盯着一扇门
门开着
静静的白夜里
亮滞着一双游疑的眼神
不知为什么
我总想踏出这扇门
漆黑的空气
凝固住我的躯身

我醒了
还盯着那扇门
门帘上
印着一个残黄的月亮
让人伤心
不知为什么
我还在念着昏影里
那双空灵的眼神

梦游何方？
不知为什么
梦里总寄托着
你我忧郁的心

1983 年 5 月

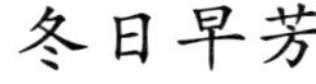

冬日早芳

轻描淡写的原野
一切都在等待着、隐忍着

我喜爱这单调的美
美，把我引入她的怀抱

一棵不知名的小树
在寒风中吹着口哨

在她那裸露的躯体上
还缀着几朵粉色小花

1975 年 3 月

轻描淡写的原野
一切都在等待着、隐忍着

风　景

一片乌云裹挟着几个念头
从天际涌来
一阵狂风披着一片塑料袋
招摇过市
孤鸟迎风而上因而迷失
沙尘随风飘泊因而浩荡

所有的树叶
都忘形地狂欢
一棵老树
歇斯底里地连根拔起
盛开的鲜花
在狂风中放浪形骸
安分守己的巨石
貌似理性地安详

乌云被上帝拧出水来
瓢泼大雨顷刻而至
天和大地被雨丝缝合
可每一根都是断开的线

一伙遭遇洪水的蚂蚁

正揭竿而起
冒然去攻打地狱之门
一株在洞穴里思考的嫩芽
探出自以为是的头
提出一篇有关太阳存在的论文

一位心事很重的人
走在风雨里
在天地之间
逝成一个模糊的黑点
月亮从雨中闪过没穿雨衣
让人想起你失魂落魄的样子

1983 年 11 月

春之步履

春，在原野上奔跑
一阵风沙，一抹新绿
春，已收不住她的脚步

春，像一个狂野的女孩子
把大地迷住了
大地开出花来
向春献媚

春，把风沙撒向人群
看一下人心是否碎了
又把所有碎了的心
拼成嫩绿的叶子

1975 年 3 月

春，在原野上奔跑
一阵风沙，一抹新绿
大地开出花来
向春献媚

秋　殇

秋叶
高悬枯枝孤零零
默想后事自悲命
温煦的阳光已变的多余吗?

秋实
被人采摘好无情
无耐杀戮惊恶梦
还需要雨露的滋润吗?

秋虫
孤守冰冷石缝中
偶有弱弱几哀鸣
是在乞索过客的怜悯吗?

秋水
欲结细细流澌冰
冷面萧杀陌上影
任性的泛滥必将终结吗?

秋风
扫过病态千万岭
冷暖善变亦自明

传递着惴惴不安的消息吗？

秋月
万古心愁雾朦胧
失魂落魄度寒风
要伤透天涯旅人的心绪吗？

2018 年 9 月

夏日水彩画

水墨
泼上天空
湿透了太阳
晕现出一个圆亮的梦乡
雾雨
渲染大地
迷蒙了山岗
渗化出一个远古的印象

泥泞的小路上
走着一位穿红裙的小姑娘
仿佛一朵湿漉漉的火苗
在雾雨中飘荡
挽一篮鲜嫩的青草
转回湿漉漉的村庄

1975 年 7 月

水墨
泼上天空
湿透了太阳

初秋游山记六首
（仿唐宋古风）

其一

小塘浮碎萍，
崖渚挂老松。
湛蓝涂天际，
径头一簇红。

其二

小雨潸亦濛，
池边生茅丛。
游人踏歌去，
不舍钓鱼翁。

其三

小山若芙蓉，
影落平湖中。
云开惊鸭飞，
相顾啾几声。

其四

小溪穿石缝，
野涧沐凉风。
忽闻有人语，
遥望半山亭。

其五

小泉汩汩湧，
斗水复清灵。
惹得背包客，
汲沥裹中瓶。

其六

小村石坞中，
疑是桃花境。
门前几村妇，
山货卖客迎。

2018 年 9 月

秋　夜

银色的弯月
沾着露
在高高的山岗上
在平直的大道上
磨

闪闪的弯月
沉入成熟的田野
在流火的七月里
在沟垄的尽头
割

夜复一夜
唱过多少祝福的
歌
年复一年
梦过多少丰收的
果

1975 年 10 月

纸鸢挂在一个明媚的日子里
再次将我放飞啊
我定会飘得很动情
——摘自《风筝与放飞者》

我走了

静静地,让我消逝在你多情的视野里吧
就像从田埂上采撷的蒲公英
用轻柔的气息吹散它
将完美变幻得更完美
欣然,也淡然

静静地,让我走入你一生的回忆里吧
就像童年放飞那只蝴蝶时的心境
迷恋着色彩缤纷的翅膀
用童真的想象力追随它
欣然,也淡然

静静地,把你的长发默默挽起吧
无需任其飘荡在愿野的迷风里
用你早已成熟的眼神
看我逝去的过程
欣然,也淡然

静静地,终结你坚持多年的日志吧
让孤灯下的窃窃私语

化成朦胧的白露
悄然消弥在晨曦的睡梦里
欣然，也淡然

2017 年 9 月

迢遥的乡村

这里的人肤色是透着红的
那种红，那种久违了的色彩
只有在梦中才能见到
他们好奇，什么都问
他们尊重你，什么都给你讲
男人、女人、孩子，都那样纯真
和他们相处
就仿佛进入了平和、安宁的世外桃源
这就是迢遥都市的乡村啊

这里的天空是湛蓝色的
那种蓝，那种舒心的色彩
只有你在梦中才能见到
白天的太阳，夜晚的星月
都格外的明亮，一切都那样真实
定是被泉水刷洗过了
在这里生活
就仿佛进入水晶般的童话里了
这就是迢遥都市的乡村啊

1984 年 8 月

这就是迢遥都市的乡村啊

夕阳小景

浓云一抹镶橘黄
沉醉于夕阳

炊烟袅袅四处起
原野雾茫茫

田间小路人影乱
荷锄归家忙

村娃追喊半山腰
青草几箩筐

大河小溪争相流
绕过北山岗

红日迟迟不肯落
鱼人难收网

几颗星星在闪烁
拴好牛马羊

母亲望归倚家门
声声唤儿郎

1985 年 8 月

山中客

惊蛰三两天
栽竹入南山
春山静如画
溪水幽自闲
拾阶云雾里
山翁与笑谈
谦谦入茅舍
品茶若神仙
候鸟云中弋
引思逐高远
松展迎日月
云铺落平川
采撷红扁豆
汗涔湿衣衫
斜倚篱笆墙
不愿把家还

2005 年 10 月

松展迎日月
云铺落平川

一条河

一条河，没有水
从我眼前流过
焦灼的眸子
望不尽慢慢沙漠
没有泪，只有一道泪痕

紫色的天空
悬浮着灰色的落日
橙红的大地
突兀地矗立着石头城
有一行孤独的脚印
走入我的画板
我猜，那是你的

浓浓的黑色袭来
一道撕心裂肺的闪电
宇宙惨白
你安详地坐在
没有水的河床里
有一丝诗人的忧郁

一条河，没有水
有人乘着涂满幻色的画板
向你游弋
你猜不出那航行的旅人
竟是我
疲惫而无望的面孔上
没有泪，只有一道泪痕

1992 年 9 月

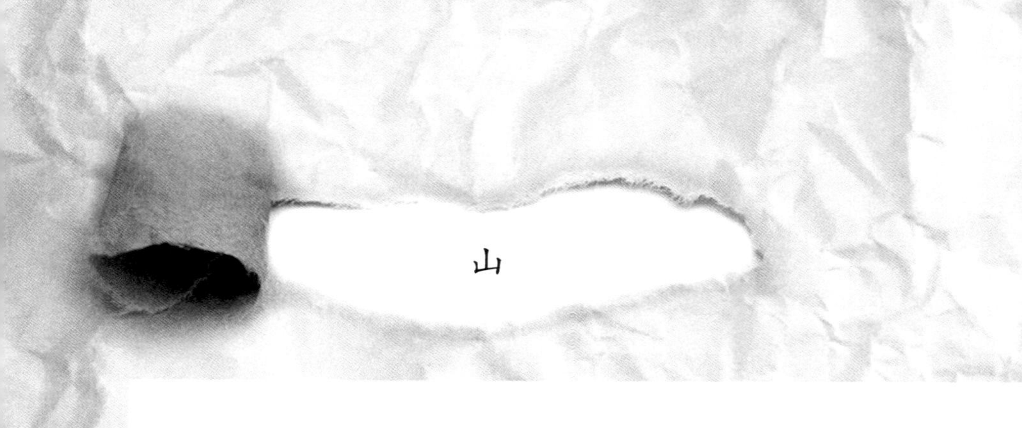

山

远望
你秀丽的身姿
越过你时
才知晓
你是一块角棱顽岩
总觉得
你宁静而悠远
攀登你时
才知晓
你是一座休眠火山
太让人百思不解
为什么
接近你时
我惊愕
你超然

1988年3月

为什么
接近你时
我惊愕
你超然

深　色

我的忧郁
蘸着深色的湖水
涂满了黄昏
疲惫的烟流
在落日周围
围成一个深色的眼圈

流浪的旅人
迎着深色的迷风
落魄在荒芜的天涯
几颗泪珠
坠入深色的土壤
但没有发芽

狡黠的眼神
潜藏着
深色的暗示
死亡的嘴唇
递送上
深色的亲吻

流星闪出的爱之光辉
逝落在深色的旷野
太快、太快
星座摆成的苦恼图案
留存在深色的太空
太久、太久

1986 年 8 月

彗　星

天宇中有一颗彗星
沿着巨大的抛物线向我游来
发光的彗核
像一个诱惑
难以控制的心灵感应
匆匆变成轻狂的怪物
放荡起淫乱的彗发
令人惊恐的光辉
映出今晚的噩梦
只有一个焦点
只有一次接近
只有一瞬疯狂
唯独没有尽情的拥吻
只好悻悻地离去
你我离得很远很远
但曾离得很近很近

1999 年 5 月

你我离得很远很远
但曾离得很近很近

恋花人

夜
米兰的幽香
在秋凉的星光中弥漫
不知为什么
我醉卧在你的情怀中

不知为什么
夜
总是那么漫长
相思的泪眼迷乱在
深蓝色的夜风中

太多的期许
在夜的静谧中悄然沉落
又在爱欲的迷茫中挣扎泛起
想亲近那娇小的花瓣
又怕吻醒了
你典雅宁静的夜梦

不知为什么
我的相思
在迟疑中游荡

在游荡中迟疑

万籁皆寂
你一如修女般的神情
在默默注视
那个在梦游中苦幻的恋花人

1990 年 10 月

月亮的意象

为什么
那片黄色的浮萍
总在银河中
漂来漂去
你究竟丢失了什么
你究竟在寻找什么
在我梦幻的边缘
你徘徊了许久
为什么

为什么
你那样迟疑
你来自哪个季节
你漂向哪个归宿
谁在等你
你又在等谁
看你孤寂又彷徨
永远结着淡黄色的心愁吗
为什么

1991 年 9 月

你来自哪个季节
你漂向哪个归宿
谁在等你
你又在等谁

记忆的飘摇

心是一个架子鼓
怦怦地追赶前方飘动的幽灵
骚动的思绪
和一只夜翔的鸟撞在一起
险些从夜空中滚落
堕入一个迷人的深渊里
当心的节奏被抓住时
我已怅然若失地离去
留下一个苦幻的余生

鸟飞走了
只有思绪孑然伫立
夜，从此变得宁静
不知你听到没有
远方的山屏
反射回声声叹息

多少个日子过去了
我被扭曲成一个变形的珍珠
和你所有破碎的记忆

串在一起
轻挽一个无解的结
挂在你美丽的脖颈上

1990年2月

你到底是什么？

你是一个孖的影子吧
用你的有形和无形
想来补好心之残缺吗

你是一枚孤单的叶子吧
飘不出一个秋天的领地
却迟迟不肯降落

你是一只沉默的蜘蛛吧
在世间的一角吐丝结网
候着谁呢

你是一片美丽的港湾吧
我曾幻想从这里起锚
变成一个冒险者

迷蒙中
我想象你到底是什么
因你的存在
我无法静下心来
去思考抽象的爱

1993 年 9 月

你是一片叶子吧
飘不出一个秋天的领地
却迟迟不肯降落

那晚，我的意象

一只火红的狐狸
在荒野中伫立
幽如一堆篝火

贞洁的月亮
让人想起
夜游的尼姑

坟茔用鲜花妆扮自己
快乐而安详

枯枝上的绳子在吃吃地笑
刚好挂住彗星的头

一只古窑的瓷碗
端坐在沙丘上
忧伤的眼睛
凝视着静夜星空

在悬崖边缘的灌丛上
沾满了天际的星星
一条花裙子

在野风中散步

我梦游在山谷小溪里
暗恋着一条美人鱼
她哭着告诉我
说是爱上一位善良的海盗

1986 年 7 月

我不想知道

我不再去照镜子
我不想知道
今天的我
比昨天老了许多

我不再去踏春郊野
我不想知道
昨天还盛开的花朵
今天却纷纷败落

我不再去做梦
我不想知道
昨晚梦中相约的人
白昼只是一位过客

我不再去感悟时间
我不想知道
在具象的人生中
还有抽象的终结

2017 年 3 月

我不再去照镜子
我不想知道
昨晚梦中相约的人
白昼只是一位过客

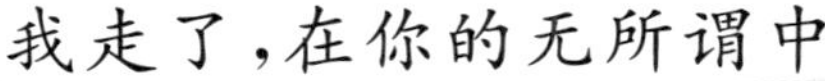

我走了，在你的无所谓中

你只把我当作
勾起你春情的一阵小雨
很自然的
它飘逝了

你只把我当作
潜入你夜思的一阵琴音
很自然的
它沉默了

你只把我当作
附在你绿叶上的一颗晨露
很自然地
它蒸腾了

你只把我当作
涌向你岸边的一层海浪
很自然地
它退却了

你只把我当作
飘向你唇边的一朵雪花

很自然地
它融化了

你只把我当作
拂动你秀发的一阵晚风
很自然地
它停息了
……

不需要惊恐和失眠
只要付之淡淡的嘲笑
你只把我当作
梦幻中的梦游者
我就心满意足了

1990 年 3 月

枯　井

总是圆睁着眼睛
不肯封闭干涸的心灵
日日夜夜冥思苦想
再也没有泪水的涌动

再也没有流溢的纯情
井底充满淡漠的宁静
如今那失神的眼睛
被弃置在荒野之中

苍眸映不出一丝云影
视而不见月亮和星星
往昔的柔波在哪里？
再也没有顾盼的神情

再也没有雨季的骚动
回忆早已蒸腾无踪
泪珠凝成坚硬的石子
填满了干涸的眼睛

1993 年 2 月

苍眸映不出一丝云影
视而不见月亮和星星
往昔的柔波在哪里？
再也没有顾盼的神情

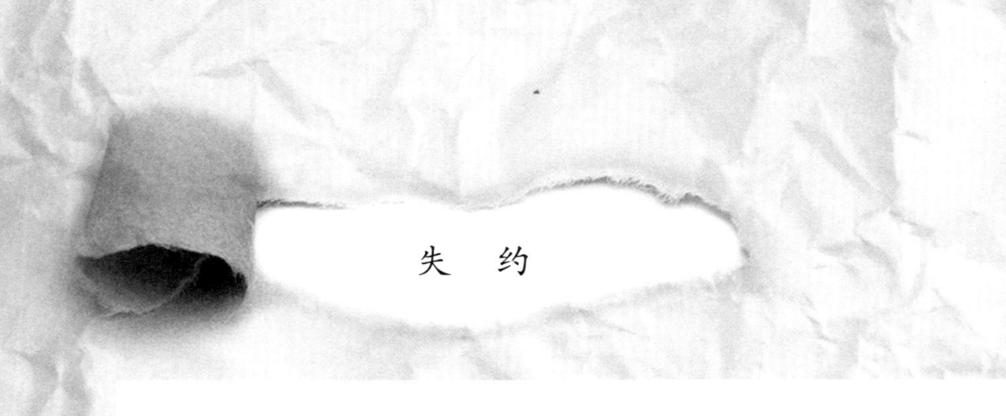

失　约

雾雨抽笞着行路人
匆匆穿过古老的雨巷
只有我在凉风中伫立
默默为伊祝福
知道伊不会来
可我还在等伊

雾雨浸湿了心事
惆怅的情绪弥漫在雨巷
只有我在自言自语
真诚为伊祷告
知道伊想来
所以我等伊

雾雨是一种伤感
弥漫在空濛的雨巷中
一个受难的人
在为伊悄悄哭泣
望断路尽头
终没有伊的瘦影

雾雨摘掉残花败叶

失落在雨巷的路石上
为了我的祈盼
化作一幅湿亮的油画
雨不知何时停
伊不知何时来

1988 年 6 月

死后的时空

我走了
房子就被清空了
生命的过程
定然是终止了
只留下一只钟表
悬挂在老墙上
指针还在默默转动

我走了
宇宙就被清空了
时间的脉动
定然是终止了
只是太阳系
象似钟表
依然悬挂在宇宙太空

2019 年 4 月

我走了
只是太阳系
象似钟表
依然悬挂在宇宙太空

唔！我的心啊

一条河
流得那样悠远
就蚀下了
你心上的那条长痕

一道闪
闪得那么凄烈
就抽笞出
你心上的那条长痕

唔！泪啊
你在深情地流出
就浸出了
你心上的那条长痕

落日
把树的阴影投向你
就拖出了
你心上的那条长痕

风筝
紧绷放飞的线

就勒出了
你心上的那条长痕

流星
在浩空中划过
就燃烧成
你心上的那条长痕

唔！我的心阿
也有一条长痕
类似于
你心上的那条长痕

2001年7月

问　月

月，去哪儿
去山林
去照亮那条小路
为了它不再寂寞

月，去哪儿
去水中
去照亮那条小溪
为了它不再寂寞

月，去哪儿
去家乡
去照亮那思恋的旧梦
为了她不再寂寞

1985 年 10 月

己是黄昏后
月下无人约

体　验

关于你
美艳得让人窒息
尽管
诗人想象过
歌者咏叹过
画家描绘过
但我
执意要重新体验

在那个秋日的邂逅
没经你的同意
就深深地迷恋上你
你我相互对视
只坚持了一秒钟
我就自暴自弃
眼神从你的秀发滑落
想象止步于你的衣角

欲望和无奈交集
会让一生都默默不语
在你的视野中
我和身后的秋叶叠加

印成一枚小小的书签
夹在你的书页中
成为许久之后
那个孤寂的夜晚
翻开尘封往事的线索

关于你
可以想象一个故事
但
不能开始一个故事

2015 年 4 月

流浪摇滚

让时光消融我
让记忆抹去我
让亲人淡忘我
让人间遗弃我
我要浪迹天涯
让人间遗弃我
让亲人淡忘我
让记忆抹去我
让时光消融我
我要浪迹天涯
让歌声陪伴我
让阳光追随我
让风云浮游我
让流水飘摇我
我要浪迹天涯
让流水飘摇我
让风云浮游我
让阳光追随我
让歌声陪伴我
我要浪迹天涯

1992 年 8 月

你只把我当作
梦幻中的梦游者
我就心满意足了

渴　望

沙漠哭了
涌成海浪
一层又一层
把你我隔成
海市蜃楼
和
忧伤的旅人
没有渡船

一只红蝶
逐风飞舞
漂泊在广袤的天地间
迷茫在狂乱的风沙中
怀着自恋的心境
左顾右盼
没有情缘

沙漠中
有一种执着的期待
风蚀柱
孤惶地立在那里
被焦虑染指

伫成一条干渴的舌
苦苦候着
前方那个美丽的憧憬
若隐若现
没有语言

1999 年 7 月

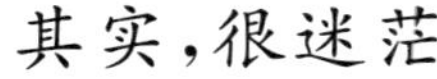

其实，很迷茫

其实，很迷茫
不知该不该怀念
那迷人的季节
那美好的时光
一年又一年
总是幻想

其实，很迷茫
不知道该不该回忆
那娇艳的桃花
那少女的脸庞
惆怅又惆怅
总是失望

其实，很迷茫
不知道该不该期许
那春花的海岸
那诗意的远方
苍凉又苍凉
总是受伤

2017年1月

不要认为
只要互相凝视
就捕捉到了真实
就窥探到彼此的内心

陋室梦缘

群山
古城济南
夜
失眠的眼睛盯住天花板
隐隐涛声
从沧海传来
黑色
黑色的海水
黑色的天际
黑色的孤帆
沙滩上
摇摆着海浪
为你的睡衣缀上蕾丝边
白色
白色的夜鸟
白色的星辉
白色的信笺
夜的手
在夜空的画布上涂鸦
一会儿把你绘成天琴
一会儿把你绘成天后

连接故人的路
很沉
很黑
很远
千万个梦魂在夜路上游移
一条暗红色的光带
在天际飘然
欲望从桎梏中解脱出来
悄悄地延伸到你的床边
撩起岸边的海浪
潜入你深不可测的海底
你的眼睛
盯住群山
盯住古城
盯住天花板
梦融入梦
一滴苦涩的海水
盈满往事
从天花板上渗出

1991 年 7 月

罪恶感

我喜爱一个人在深夜游荡
夜是一个大脑
任凭它滋生一些怪诞的念头

一位女神从夜空飞过
月光浸湿了轻纱似的薄云
一瞬间
人世变得多么高雅
罪恶感倏然消失

白昼来临
太阳照亮心隅
隐私被尽情泄露
我因无法掩饰而羞愧

1980 年 10 月

我喜爱一个人在深夜游荡
夜是一个大脑
任凭它滋生一些怪诞的念头

我从你的梦中死去

香烟，数一数
一共有二十支
被你一口气吸完
我就从平台上
莫名其妙地坠落
死在你恐怖的梦渊里

烟蒂
从平台上抛落
你用失眠的惺眼凝视
看我与弹指的烟灰
飘舞在死寂的夜空中

在即将坠落的刹那
我欣然把心掏出
放在你的裙边
回光返照
意念挣扎着起来
顾盼那颗心
正围着你跳来跳去
任你编织了
许多青蛙王子的童话

梦游者们梦幻般地围聚过来
看看究竟死去的是谁
谁也猜不透，为什么
烟雾偶然聚起
又梦一般散去

你懊悔
不该吸最后一支烟
你遗憾
在我坠落的刹那
没有送我一个深吻

梦醒了
你呆站在平台的边缘
向楼下张望
满地的烟蒂
数一数
一共有二十只

1990 年 8 月

心 愿

漂泊的白云不是蓝天的负担
汇流的江河不是海洋的负担
远航的船帆不是清风的负担
清婉的驼铃不是旅人的负担
哦！伴我同行的人啊
愿我的存在不是你的负担

洁白的羽毛不是飞鸟的负担
鲜艳的花朵不是绿叶的负担
层层的浪花不是沙滩的负担
皑皑的冰雪不是山峰的负担
哦！与我交谈的人啊
愿我的心事不是你的负担

明亮的星星不是黑夜的负担
灿烂的彩霞不是朝夕的负担
火热的激情不是煤炭的负担
温柔的气息不是春天的负担
哦！让我相思的人啊
愿我的真情不是你的负担

1982年9月

哦！让我相思的人啊
愿我的真情不是你的负担

我绵绵的情怀哟

我是火焰
昨日，还在燃烧
今日，就熄成一堆灰烬
唔！我炙炙的爱欲哟
也会冰冷吗

我是趵泉
昨日还在喷涌
今日就竭成一眼干穴
唔！我汩汩的思念哟
也会枯涸吗

我是长风
昨日还在呼啸
今日就化成一声叹息
唔！我久久的怀念哟
也会消逝吗

我是洪流
昨日还浩荡奔涌

今天，已杳无踪迹
唔！我绵绵的情怀哟
还会延续吗

2017 年 9 月

伟大的事物

伟大的事物
要仰起高贵的头颅去看
比如星空

伟大的事物
要眯着探索的眼睛去看
比如太阳

伟大的事物
要站在高高的山巅去看
比如长河

伟大的事物
要隔着远远的距离去看
比如群山

2017 年 2 月

伟大的事物
要仰起高贵的头颅去看
比如星空

神说：请选择吧

当跋涉的步履困囿于沙漠深处时
在杯水与金玉之间
神说：请选择吧

当疲惫的双手就要触摸到崖顶时
在坚持与放弃之间
神说：请选择吧

当孤傲的身影被周围人鄙视时
在容忍与愤懑之间
神说：请选择吧

当虔诚的信仰遭遇无端玷污时
在沉默与喧哗之间
神说：请选择吧

当自我的人格被深深伤害时
在高贵与庸俗之间
神说：请选择吧

当残暴的敌人被彻底击败时
在善待与仇恨之间
神说：请选择吧

当成功的锣鼓被世人敲响时
在前行与退隐之间
神说：请选择吧

当探索的人们迷失在茫茫黑夜时
在启迪与愚弄之间
神说：请选择吧

当无家可归的鸟唱起森林的挽歌时
在聆听与回避之间
神说：请选择吧

当弱小的种子在土壤中神奇发芽时
在呵护与践踏之间
神说：请选择吧

当峭壁上的梅花遭遇倒春寒时
在开放与自闭之间
神说：请选择吧

当陈年的美酒迷醉身心时
在清醒与沉沦之间
神说：请选择吧

当深爱的人离我而去时
在怀念与怨恨之间
神说：请选择吧

当行乞的双手伸过来时
在给予与拒绝之间
神说：请选择吧

当苦难中的人哀婉诉说时
在感同与漠视之间
神说：请选择吧

……

所有的选择
都是为了一种选择
当站在天堂与地狱的岔路口上时
神说：请选择吧

2017 年 3 月

今夜，黄道行者

今夜，我在黄道上散步
形单影只，一意孤行
任凭宇宙风吹乱我的卷发
灵感像鬼火若明若暗
时而惊飞
一群白色的夜鸟
时而沉入
一片死寂的雾霭

巨大的黑色天幕
裹住所有的妄想
银河里坠满欲望的繁星
春夏秋冬
往复轮回
总是在沉思
为什么走不出
那个怪诞的圆圈

1991 年 9 月

春夏秋冬
往复轮回
总是在沉思
为什么走不出
那个怪诞的圆圈

故不能相合

你是火山喷发的烈焰
我是冷酷无情的冰川
故不能相合

你是高高矗立的秀峰
我是深不见底的谷壑
故不能相合

你是风中飘荡的黄砂
我是水中惬意的游魚
故不能相合

你是固守一隅的巉岩
我是执意远方的流云
故不能相合

你是北方茫茫的瀚海
我是南方浩森的梦泽
故不能相合

你是东流入海的江河
我是西潜沙漠的溪流

故不能相合

你是商人杯中的烈酒
我是诗神眷恋的清泉
故不能相合

你是随群合唱的黄鹂
我是自言自语的孤鸿
故不能相合

你是仕途上的达人
我是布衣群中的才子
故不能相合

你是阳光灿烂的舞者
我是月下踱步的哲人
故不能相合

2017 年 10 月

在这青春的边缘狂奔

我要喊着唱
在这青春的边缘
望着涌来的浩瀚波浪
不愿离开那青春的溪流

不要劝我
我要奔去,或飞翔
我要脱去所有的衣衫
用裸露的青春之躯
拥抱所有裸露的星球

如果留恋
就狂奔吧
如果一定要死
就死在这青春的岁月中吧

1986 年 7 月

如果一定要死
就死在这青春的岁月中吧

仅只一片秋叶

仅只一片秋叶
宛若一首小诗
叶脉依稀可见
流溢山野纯情

仅只一片秋叶
愿你悉心珍藏
来日凝注它时
勿忘轻轻一吻

仅只一片秋叶
梦逐秋天飘来
假如怀念往昔
读读这片秋叶

仅只一片秋叶
有我默默离愁
愿是心灵信物
伴你孤独旅程

1989 年 10 月

终结你坚持多年的日志吧
让孤灯下的窃窃私语
悄然消弥在晨曦的睡梦里

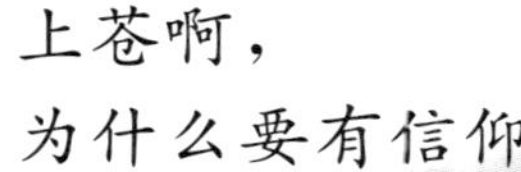

上苍啊，为什么要有信仰

上苍呵，我将在忏悔中压抑邪恶吗？
因为有邪恶，所以有信仰！

上苍呵，我将在苦修中忘却彷徨吗？
因为有彷徨，所以有信仰！

上苍呵，我将在舍得中拒绝贪欲吗？
因为有贪欲，所以有信仰！

上苍呵，我将在祷告中无畏死亡吗？
因为有死亡，所以有信仰！

上苍呵，我将在此岸中祈望来世吗？
因为有来世，所以有信仰！

上苍呵，我将在冥想中接近天堂吗？
因为有天堂，所以有信仰！

上苍呵，我将在布施中享受善良吗？

因为有善良，所以有信仰！

上苍呵，我将在远行中追寻灵光吗？
因为有灵光，所以有信仰！

2018 年 2 月

镜 象

循着巨大的抛物线
屈从一股荒唐的力量
躯体和思绪已作粉霁
在天宇中茫然漂荡

支离破碎的宇宙
在抽象意志下永恒地膨胀
时空旋成巨大的万花筒
幻化出无数吊诡的镜象

银河系张开怪异的臂膀
猎户座发出幽冥的灵光
曾因虚无飘渺而黯然神伤
亦因重绘图腾而欣喜若狂

2018年3月

曾因虚无飘渺而黯然神伤
亦因重绘图腾而欣喜若狂

假如你途经我的坟墓

假如你途经我的坟墓
假如我在墓中没有瞑目
假如死去的和活着的都很孤独
假如你停下了脚步

假如你停下了脚步
假如你心结如初
假如你没点燃香烛也没带来花束
假如你听到了一声声轻呼

假如你听到了一声声轻呼
假如你至今还没有归宿
假如你没有哀怨也没有痛苦
假如你能平静地对往事回顾

假如你能平静地对往事回顾
假如你的离愁凄凄楚楚
假如你不能走回过去也不能从过去走出
假如你只好默默上路

假如你只好默默上路

假如你还有憾意的表露

假如你还想感触我的心灵也想被我感触

假如你还能途经我的坟墓

1992 年 7 月

既　然

既然你不想发光，乌云就无需遮挡。
既然你不去呐喊，群山就无需回响。

既然你懒得发芽，春天就无需造访。
既然你拒绝艳丽，山花就无需开放。

既然你厌恶流浪，旅途就无需远方。
既然你自甘平庸，境界就无需高尚。

既然你自持冷默，人性就无需奢望。
既然你拒绝倾听，良知就无需释放。

既然你放弃吟唱，心灵就无需阳光。
即然你不愿深沉，大脑就无需思想。

2018 年 3 月

既然你不想发光，乌云就无需遮挡。
既然你不去呐喊，群山就无需回响。

旅人的回归

去时，在郊野的路旁
一朵小花冲我开放，令我莫名心乱
是不经意的媚情
是不走心的瞬间
驻足良久
犹豫不决却又踌躇志满

回来时，细寻找
望断归路尽头，怎得花颜不见？
是无心的错过
是有心的欺瞒
心有不甘
一路珍藏的梦幻逐成虚幻

去时，在陌路人中
你冲我一笑嫣然，定是今生情缘
是快愉的邂逅
是温雅的偶然
难耐怦然心动
几许离愁却已渐行渐远

回来时，又相逢

木然擦肩而过，不期而遇之寒
是无耐的奢望
是有情的祈愿
已是泪流满面
一路珍藏的笑靥逐成梦魇

2018 年 11 月

山海经(外一首)

子行峤岳巅,离天三尺三。
树摇山不动,云飞月依然。
平野出芙蓉,穹开石花乱。
手持夜光杯,对天发长叹。

子行沧溟边,距水三尺三
海啸崖不动,浪涌岸依然
赤足过东海,涉水到对岸。
惹得龙王女,与尔共百年。

2018 年 3 月

夜游

月落山黑满天星
宽衣解发孤自行
享尽风花雪月事
不做谦君做鬼灵

野水浩渺连天涌
偶有流火破长空
夜游十万八千里
穿越千古留其名

2005 年 10 月

树摇山不动
云飞月依然

远方，城市拾零

一个人形的符号，躺在马路上
任车轮碾压，不时发出恐怖的怪叫
无人听闻

一张断线的风筝，吊在树稍上
任乱风凌迟，还在毫无意义的争辩
无人体谅

一只肥硕的老鼠，溜进牛肉面店
以最胆小的方式，吓跑了养尊处优的猫
无人讶异

一条排污的沟沿，开满了恶之花
在熏染的气息中搔首弄姿，刷着存在感
无人理会

一伙官场的老炮，从会所走出
在被酒精腌制的虚胖脸上，露出狰狞的笑
无人羡慕

一位妖艳的大妈，走入街头公园绿地
独自引吭高歌，莫视路人的沉默
无人喝彩

一轮迷失的月亮，游弋在摩天大楼缝隙里
不时探头探脑，偷窥人间八卦
无人写诗

一位抚琴的老丐，落迫在街市隅角
一曲二泉映月，楚楚又凄凉
令我泪流两行

2018 年 4 月

垂垂老矣

垂垂老矣
谁曾与我鸿雁书信来往?
或嬉如沙汀鸳鸯,或轻诉蜜意柔肠
只觉世事无情,更念花坞中人
一梦醒来,清灯对月窗

垂垂老矣
谁曾与我结伴古道流浪?
或抚弄琵琶古琴,或远眺矶头沧浪
只觉光阴似箭,阅尽人间苦乐
一梦醒来,两鬓挂白霜

垂垂老矣
谁曾与我对坐岩崖之上?
或吟诵李白杜甫,或悟道孔子老庄
只觉世间恼人,独寻竹林七贤
一梦醒来,已到黄泉旁

2018 年 3 月

垂垂老矣
一梦醒来
清灯对月窗

我不只是在情人节里想起你

当春日的风沙漫过河堤
你从混顿的幻象中一闪而过
我在迷茫的岁月里深爱过你啊

当夏日扬花漫天飞舞
你从纷纷的幻象中一闪而过
我在浓浓的绿阴里怀念过你啊

当秋日的画笔涂鸦了家乡的山麓
你从迷彩的幻象中一闪而过
我在心灵的画板中描绘过你啊

当冬日的冰河映着纯净的兰天
你从晶莹的幻象中一闪而过
我在世间的暖阳下感觉过你啊

当每一天每一年都平淡的过去
你从街角咖啡屋的玻璃上一闪而过
我不只是在情人节里想起过你啊

2018 年 1 月

当每一天每一年都平淡的过去
你从街角咖啡屋的玻璃上一闪而过
我不只是在情人节里想起过你啊

哲人啊，请告诉我一个赞美的理由

当群鸦围绕着浮尸饕餮
我为什么要赞美圣洁呢
当野狗残酷撕咬着迷鹿
我为什么要赞美善良呢
哲人啊，请告诉我一个赞美的理由

当江河变成污泥浊水
我为什么要赞美澎湃呢
当青山变成顽劣巉岩
我为什么要赞美伟岸呢
哲人啊，请告诉我一个赞美的理由

当大雁不再南来北往
我为什么要赞美四季呢
当苍鹰不在浩空翱翔
我为什么要赞美蓝天呢
哲人啊，请告诉我一个赞美的理由

当晚风不再弥漫花香
我为什么要赞美温馨呢

当晨露不再晶莹剔透
我为什么要赞美光明呢
哲人啊，请告诉我一个赞美的理由

当眼睛失去了清澈
我为什么要赞美率真呢
当语言不再表达内心
我为什么要赞美诚信呢
哲人啊，请告诉我一个赞美的理由

2018 年 2 月

沉默的理由

蜜蜂对着一朵落花沉默
秀木对着它的影子沉默
种子对着干旱沙丘沉默
礁石对着滚滚浊浪沉默
我在沉默中问我
为什么要沉默

聪明对着冥顽愚钝沉默
无奈对着命运使然沉默
文明对着蛮横无理沉默
不爱对着爱欲之火沉默
我在沉默中找到了
沉默的理由

1995 年 8 月

我在沉默中
找到了
沉默的理由

水仙花瓣上的珠儿

清晨的露珠附着在水仙花瓣上
用你透明的身躯
欣然收集着早晨的阳光
又静静地渗入芳蕊中
好让水仙花今晨有一个明媚的希望

你是从妈妈眼睛里滚出的泪珠
亲亲地吻湿了妈妈的脸庞
你悄悄告诉妈妈一个心愿
又轻轻抚慰着妈妈心底的忧伤
好让妈妈在喧闹的尘世中心灵安详

清晨的露珠是顽皮的精灵
天天和水仙花捉迷藏
你轻盈的生成亦消失的匆忙
又悄悄躲进阴影里
窥看一位孤独赏花人的偶然来访

夜晚你溜进妈妈的怀里
默默倾听着妈妈的梦呓

坏笑着妈妈私密的幻想
又很认真的告诉妈妈
一位好心的赏花人正在门外彷徨

1995 年 6 月

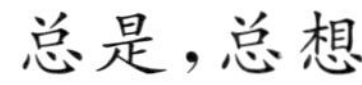

总是，总想

总是在乌云中低徊
总想让一道闪电充斥宇宙空间

总觉得是一粒种子
总想让初生嫩芽萌动一次春天

总是遥望那座休眠火山
总想引诱它喷发成为旷古奇观

总是在单恋中思念
总想哪天傍晚相约在神秘乐园

总是受伤时心在流血
总想让一滴鲜血染红碧海沧澜

总是听到喋喋不休的诉说
总想被一句温暖话语感动万年

1983 年 8 月

总是听到喋喋不休的诉说
总想被一句温暖话语感动万年

迷　茫

当万念俱灰
一切都尘埃落定时
我的企望是什么呢?

当桅杆上的旗帜被撕碎
理智的灯塔也熄灭了
我在为谁而漂泊呢?

当上苍无力的下垂双臂
太阳也不再东升西落
我的信仰丢失了吗?

当春天不思归来
花朵不思开放
我的热望会冻结吗?

当钢铁被锈蚀
岩石也被风化
我的意志在哪里呢?

当有人把嘲笑扔给我
用冷冷的眼神盯着天空

我就此沉默无语吗？

当欺骗的外衣被撕破
不再为心中的偶像动情
我的泪水为谁而流呢？

当你厌恶地挪开嘴唇
生硬地打开我的手臂
我该怎样寄托相思的情怀呢？

1995 年 7 月

野山，野月亮，在野草丛生的野崖上，跳着鬼步舞。

野狗群吠，在野性迷失的快愉中野合。

野鬼们从四方野坟中飘然现身，兴奋之极，共同诅咒光明的太阳。

是谁在固守一个旧时代？
打开一个个野网站，宇宙充满了野蛮的喧嚣。

2018 年 6 月

是谁在固守一个旧时代？

就是你，远远的召唤

你召唤我
我就去了
与你缠绵共舞
回来却陷入深深的抑郁
是否疏离那高雅之地
拒绝种种莫明的诱惑

怕是象一棵平凡的树
扎根在昔日单调的风景里
怕是耐不住寂寞
怕是在冀望中枯萎
欲逃离庸懒的故乡
放弃对陈规的守候

就是你
远远的召唤
让我认真的意象
海边的春天是个什么样子
让我无端的梦幻
此生约会的美丽情节

怕是一意孤行

只身无边无际的荒原
怕是忘勿所以
怕是肆意野性的张扬
撩乱了早已麻木的心
和一份无为的宁静

2018 年 5 月

对着星空

潮水悄然涌入海湾，又从眼框中渗出
因不可名状，我对着星空大哭

夜风悄然潜入海湾，又从喉咙中呼出
因难以梦醒，我对着星空发呆

你的爱，悄然充盈在我的脑海，又从心底逃逸
因无法释怀，我对着星空长叹

2018 年 4 月

你的爱，悄然充盈在我的脑海，
又从心底逃逸

即使今生只有一次春天（外一首）

一

自从那年作别秋天
你就背起流浪的行囊
你的音信在哪里啊
到处是人海茫茫

人生已到尽头
我还在冰原上翘首张望
几十年的岁月啊
这个冬季好漫长

即使今生总是冬季
也一直在极力想象春天的模样
即使今生只有一次春天
也一直在默默期待你突然的绽放

或是一种自作多情
或是根本没有希望
没有希望的坚持
只配在夕阳余辉中落未惆怅
没有可能的等待
亦或就是一种幸福的死亡

2018 年 4 月

二

我将去天涯海角
离开这伤心之地
沉甸甸的行囊中
装满了对你的追忆

在凄风苦雨的日子中
在举目无亲的空房里
用没有被温暖过的手指
翻动着那本普希金的诗集

在泪流满面的想念中
在无法平息的心绪里
用没有被亲吻过的嘴唇
诵读着那一行行诗句

翻越了重重山岭
跋涉了条条河溪
当新爱的清风扑面而来
我将把你尘封在心底吗？

1993 年 1 月

为谁？

一片沉默的云，迟疑了许久，忍不住下了一夜的雨，似乎是在哭诉什么，为谁？

整夜都在倾听，凄凄切切，淅淅沥沥，失眠的泪眼伴雨而流，为谁？

干裂的唇齿被润湿了，却找不到亲吻的理由，缠绵的雨丝已触动伤心事，为谁？

早上的阳光灿烂，云已悄然远游，我打理好行囊踏出家门，不要问我，为谁？

干裂的唇齿被润湿了
却找不到亲吻的理由

济南老站的晚钟

晚钟，老站
悠悠往事的济南
仿佛十分遥远了
却还在心头迴旋

晚钟，流恋
百年商埠的经纬线
那亲切而守信的钟声
让历史有了节奏感

晚钟，怀念
和着山水青音的流泉
在护城河畔的柳阴里
亨不尽纯真的童年

晚钟，情缘
君有几多对愁眠
每每夜深时的提醒
让真爱充满了人世间

晚钟，伤感
曾经的无耐和梦幻
终是不堪回首
袅袅余音渐渐飘远

2018 年 3 月

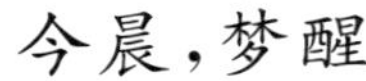

今晨，梦醒

我思索的不一定是我的思索
我感觉的不一定是我的感觉
我行动的不一定是我的行动
我选择的不一定是我的选择

今晨，梦醒
我成为一名怀疑论者：
我是谁
谁在控制我
如何才能解脱
怎样变成自我

我要自由地思索我想思索的
我要尽情地感觉我想感觉的
我要执意地去做我想去做的
我要愉快地选择我想选择的

2016年8月

今晨，梦醒
我成为一名怀疑论者

念君歌

一首歌似一种人
侧耳倾听想起君
飘然风中忧伤韵
缭乱脆弱女人心

那年那天夜深沉
君且予我最初吻
消魂难忘到如今
人海茫茫何处寻

心头总有心上人
人面桃花总识君
问君何时归故里
共剪梅兰贴窗门

情歌好听不好吟
劝君听歌莫当真
人生在世一恍惚
何必怆然泪湿襟

2018 年 9 月

怕是忘勿所以
怕是肆意野性的张扬
撩乱了早已麻木的心
和一份无为的宁静

浅　水

往事许久许久，印象很浅很浅，
如一汪浅水，无风亦无浪。

当年的青葱，此时的沧桑，
在平静的浅水中映现，无声亦无息。

是谁正从一个断裂许久的时空向我张望？
旧日的心境妄图在浅水中隐藏，无情亦无义。

总对路人抱有歉意，总对往事无法释怀，
浅水或是太浅，无助亦无耐。

浅水因悠远而变的深邃，因怀念而变的浩渺，
只是在意象中陶醉，无怨亦无悔。

当下逐成过去，往事还留存心上？
浅水在慢慢的干涸，无影亦无踪。

2018年6月

往事许久许久
印象很浅很浅
如一汪浅水
无风亦无浪

掰开的风景

站在荒原上，我把风景掰开，
一块是山，一块是水。
心情也掰成两块，
一块落在山上，随山势起伏；
一块投入水中，随游鱼流浪。

站在荒原上，我把风景掰开，
一块是天空，一块是泥土。
心情也掰成两块，
一块飞升在天界，随风云飘远；
一块扎根于土壤，随绿植疯长。

站在荒原上，我把风景掰开，
一块是晨曦，一块是黑夜。
心情也掰成两块，
一块融入天边，随彩霞灿烂；
一块潜入黑暗，随冷寂迷殇。

站在荒原上，我把风景掰开，
一块是过去的景色，一块是今日的时光。
心情也掰成两块，
一块与尔牵手，相依相随；
一块耄耋沧桑，形影孤惶。

2018 年 6 月

无雨的云

总是这样默默无语
却总是从我身旁飘来飘去
你是那片无雨的云吗?
没有惊雷也没有闪电
究竟是要为谁下雨?
是谁让你这样游疑不定?
你是那片无语的云吗?

总是静静躺在山坡上
看云来云去
仅凭遥迢往昔的感觉
猜测着你的心事
任你在空中变幻着形态
似对我打着哑语
究竟要对我诉说些什么?
那向我飘来的云哟!
无雨亦无语

2018 年 6 月

总是这样默默无语
却总是从我身旁飘来飘去
你是那片无雨的云吗？

蒙娜丽莎的脸颊

月亮似蒙娜丽莎
永远在天空中神密的微笑
一伸手就触碰到她的脸颊
感觉很冰冷

一群鱼从天空飞过
扰动了时空的秩序
微笑被回旋的波纹扭曲
显露出诡异的模样

达芬奇在岩崖上玉树临风
哲思却被咬得支离破碎
无数梦蝶呼喊着
从天宇中飘落成冬天

地球刹那间变成了白色
蒙娜丽莎亦白发苍苍
一伸手就触碰到她的脸颊
感觉很温暖

（2019 年 1 月）

月亮似蒙娜丽莎
永远在天空中神密的微笑
一伸手就触碰到她的脸颊

近与远

本来近在眼前
却倏然远在天边
你无视曾经的亲密无间
那颗放浪的心
已相隔万水千山
我与你
近在空间
远在时间

本来相隔遥远
却倏然彼此面对面
你无视遥不可及的距离
却偏偏与我
在幻觉中纠缠
我与你
远在空间
近在时间

2018 年 11 月

我与你
近在空间
远在时间

走过老城

我的灵魂
引导我的身躯
在街市上游荡
寻找着
老城的灵魂
现代化的手术刀
在老城的身躯上
切开了一道道口子
摘除了那些浓浓的乡愁

曾经是，也许是，应该是，可是
无知无视着历史
愚昧愚弄着心智
贪婪贪吃着良知
妄想妄议着文明
老城的灵魂变成了残废
新城的灵魂还很稚嫩

2019 年 1 月

老城的灵魂变成了残废
新城的灵魂还很稚嫩

错　过

错过了春天，就错过了花季。
错过了夏天，就错过了骄阳。
错过了秋天，就错过了收获。
错过了冬天，却在寒冷之季错过了你的温暖。

因为错过，所以怀旧。
因为错过，所以无耐。

或是错过了一次依依的惜别，
或者错过了一次真切的表达，
或者错过了一个温柔的眼神，
或是错过了一个热烈的拥吻。

因为错过，所以美好。
因为错过，所以期待。

2019年3月

因为错过，所以怀旧
因为错过，所以无耐

无奈的选择

即然不能似火山喷发
那就选择休眠吧
只愿梦中的童话更加纯情

即然不能似江河奔湧
那就选择平静吧
只愿明镜的湖水映出婀娜的倒影

即然不能飞升到天堂
那就选择地狱吧
只愿地狱之火照亮不死的心灵

即然不能表达爱意
那就选择沉默吧
只愿春之花香弥散在你我的呼吸中

2019 年 2 月

就象从田埂上采撷的蒲公英
用轻柔的气息吹散它
将完美变幻的更完美
欣然，也淡然

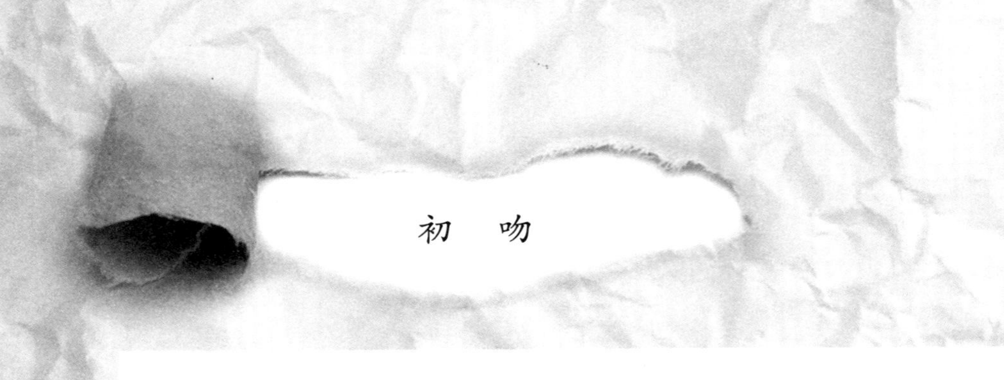

初　吻

那晚
我与你偷情
天上所有的星星
都睁大了眼睛

初吻好迷人
所以也最伤人
你推开我的嘴唇
让我的誓言无地自容

那晚
因荒唐而美丽
天上所有的星星
都闭上了眼睛

2019 年 2 月

那晚
我与你偷情
天上所有的星星
都睁大了眼睛

完美的你

你看蒲公英
一个完美
碎成了无数个完美
你看你
总感觉不完美
可是
每一天你都迈出了家门
踏出了一个个坚实的脚印
每一天你都对朋友和同事
发出了一声声温馨的问候
每一天的微笑
每一天的亲吻
每一天的祈祷
每一天的坚强
每一天的匆忙
每一天的向往
你看
这些碎了的你
合成了一个独一无二的完美

2019年2月

你看蒲公英
一个完美
碎成了无数个完美

被撕碎的颜色

我曾被撕碎过
漫天的大雪
一片片沉默的白色
如飞舞的哑语
所有的思想都被冻结

秋风挥舞树枝的手
散发着绝望的黄色
如灵车撒出的纸钱
哀伤翩然于人世间

火山在沉默中爆发
喷出热烈的血焰
碎落的红色
在大地上冷却

电闪雷鸣之后
天空散落着残破的蓝色
一群赴死的雨燕
幽灵般掠过
如一群撕碎了的黑色

在我的记忆里
儿时的梦想也曾被残忍的撕碎
可为什么当初
它要聚成一道七色彩虹

1989 年 12 月

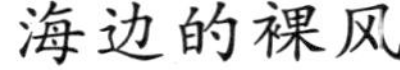

海边的裸风

掠过海边的裸风
无羞无耻的逐浪
总是拥入你的怀中
让你无法躲藏
那知觉
或温柔，或奔放

它飘散了你的长发
它掀动起你的裙裳
它摧开了你的笑靥
它撩拨着你的心房
那知觉
或优雅，或张扬

是否，你也胆敢
去接受裸风的邀赏
在阳光明媚的日子里
裸奔在海边的沙滩上
那知觉
或原始，或时尚

2019年3月

掠过海边的裸风
无羞无耻的逐浪
总是拥入你的怀中
让你无法躲藏

散步随想

一（1978年）

我从冰冷的小径上
捡起一片精美的秋叶
我对它说：真可怜
它说：不再有寒潮将至的烦恼了

然后
我的悲哀被冻僵了
感到有一种
奇特的轻松和死前的愉悦
然后
我也变得很精美

二（1985年）

独自一人
伫立在黄昏里
几颗星星开始闪烁了
明亮而又孤寂
默然低首徘徊
似乎是对命运的屈从
天空的色彩彩变幻着
橘黄、绛红、灰黑……

思索：
是水泽在奉迎天空
还是天空在戏弄水泽
心的色彩也在变幻吗
心是天空还是水泽

三（1980 年）

当什么都漠然了
就什么都看清了
当什么都看清了
就什么都漠然了
但我必须走入迷雾深处
尝试勾勒出
雾的轮廓和结构

四（1983 年）

一缕阳光
挤进幽暗的陋室
尘埃
漫无目的地弥漫

打开窗户吧
不要辜负外面的风景

举首遥望
宇宙像一间陋室
繁星
也是那漂浮的灰尘吗？

五（1983年）

一切都莫名地消失了
那些熟悉的岁月
那些带着伤痕和欢乐的时光
消失了，在这离去的一瞬

我满怀热望的灵魂冰冷了
热情还能复燃吗
流星注定沉入冷暗的荒野中
冰冷了，在这离去的一瞬

六（1982年）

我设计了一条航线

通往远方之港
是因为
我要拥有整个海洋

七（1985年）

云雾是灰调的油彩
太阳昏昏沉沉
大地宁静而悠远
天空辽茫而苍然
有弓身奔波的旅人
急行在天地之间
人是宇宙中的尘埃
宇宙在尘埃的思索中变幻

八（1988年）

根，默默无声
在泥土里延伸他的思想

叶，争吵不休
最终飘飞无踪

九（1985年）

黑夜
深藏着人们的梦幻
白昼
把所有的梦幻都化作一轮太阳

十（1974年）

村落的炊烟袅袅
宛若缕缕情思
与天边的晚霞
缠绕在一起
在黄昏的画布上
揉进了我的忧伤

十一（1979年）

为了让我的牵牛花不孤独
我栽培了一棵大树
当我坐在大树下乘凉时
发现牵牛花就要枯死了

十二（1989年）

把鱼放在砂砾中
说：游吧

把鸟儿的双翼捆好
说：飞吧
把人放在石棺中
说：生活吧
把思想囚固在思想中
说：创造吧

十三（1985年）

不因错过了花期而去抱怨春天
不因贻误了清晨而去偏爱黑暗
不因破灭了梦幻而去屈从世俗
不因失却了情爱而去燃起仇怨

十四（1983年）

从惊讶于你每一个微不足道
到漠然于你每一个复杂深奥
你曾经很完美吗
我以前真可笑

十五（2015年）

泉
就是醒来的样子

泉
从大地中涌出
将一个美丽的梦境
娓娓道来

十六（1984年）

后窗外
有一条被遗忘的小路
一块块砖石挤在一起
默默无语

时有被生活弄得疲惫的人
从这里走过
拖着沉重的脚步
踏出声声叹息

十七（2016年）

雷电
只是一个开场白

之后雨滴淅沥
之后暴雨登场

之后雨过天晴
之后彩虹谢幕

之后我在想：
为什么
雷电
只是一个开场白

十八（1984 年）

我哭了
世界变成浩渺的咸水
大地眼眶深凹
盈满了泪的海洋
潮汐涌向月亮
急切地倾吐着
无尽的苦涩

十九（1993 年）

爬上高高的山梁
大山背着我
我背着孩子
孩子背着希望

二十（2002年）

我无怨地听任
时间的手指
自我的额头上
牵出了几根白发
只是思索
象征着纯洁
还是世故

二十一（1983年）

一朵孤云在天空浮游
云下有一只孤飞的雁
雁在一座孤岭上盘旋
岭上有一棵树随风独舞
一人坐在树下独自思考：
万物偶然相聚
为什么必然孤独

二十二（2016年）

红颜尽，心难留，如今已白少年头
情未了，空对月，一杯香茗，几缕清愁
错，错，错

书渐厚，人消瘦，驼腰躬背几时休
夕阳落，闲云愁，一意孤行，再难回头
莫，莫，莫

二十三（1913年）

上帝不会因你打死一只蚊子
就判你下地狱
但当所有的蚊子都被打死
就一定判你下地狱了

二十四（1979年）

忧郁吗
你低首徘徊
眼睛呆视着破碎的心
天球在头顶旋转
不时发出沉沉的呼唤
抬起头来吧
我举首眺望
星空也是如此破碎吗

二十五（2017 年）

在街市上
有人将几只清醒的鸟
关进了笼子
还自以为人是聪明的
笼子之外
人群正在自由中苟且
却不知
被关在一个更大的笼子中
还自以为不是囚徒

二十六（1981 年）

一颗明星在眼前闪烁
唯恐它会消失
一束鲜花在眼前怒放
唯恐它枯死
一股清泉在眼前喷涌
唯恐它会停息
一颗诚心在心中跳荡
请坚信，它将永恒

二十七（2014 年）

他人是天使吗
他人因你而变为天使
他人是恶魔吗
他人因你而变为恶魔

二十八（1984 年）

夜静人思
流星在空中划过
解析着往日的梦魇
让太重的心事
在如水的月光中
慢慢沉淀

二十九（2017 年）

恍若隔世
人老珠黄
许多人
只能怀念
不能再次相见

岁月漫长
世事沧桑
许多事
只能懊悔
不可重来一遍

三十（1983 年）

清晨
你把花露水
滴在牵牛花的梦里
醒来还是睡去
这是一个问题

牵牛花诗意地开放了
不久它失意地凋谢了

我必须在
冉冉升起的太阳和晨露之间
做出选择

三十一（1989 年）

狂风吹乱了我的卷发

变成一团狂舞的思绪

三十二（2017 年）

在大多数时间
月亮都是有残缺的
但有残缺
并不一定不圆满

在大多数时间
太阳都是圆满的
但圆满了
并不一定都是晴天

三十三（2017 年）

如果一生相拥
你让我如何体验
怀念往昔的心情呢

三十四（1988 年）

一阵旋风
拥着一棵丁香树
跳起华尔兹

积郁在角落里的沉默
被撵到空旷的街市
旋转成绮丽之思

我将诗文撕碎
抛撒在旋风中
忽如一群
漫天飞舞的蝴蝶
奔向宇宙
在椭圆形的轨道上
尾随着太阳
太阳疯狂地喷发着日珥
如梵高的向日葵

三十五（2017 年）

春花只顾自烂漫
夏虫不觉夜长短
已是深秋
感知一切
正迅速地老去

三十六（2017年）

做一颗明星吗
恒星
正用不竭的热情
灿烂在自由的天空中
行星
总借他人的光辉
自我炫耀

三十七（2014年）

隆起成一座俊秀山峰吧
让别人去丈量
繁茂成一棵参天大树吧
让别人去欣赏
奔跑成一只草原雄狮吧
让别人去追随
幻化成一片灿烂星空吧
让别人去仰望
流淌成一条万里长河吧
让别人去跨越
汇集成一片浩瀚海洋吧
让别人去远航

三十八（1983 年）

一只苍蝇飞到金子上
感到十分沮丧
对它而言
粪土才有价值

一只苍蝇飞到花园里
感到欣欣然
原来恶人也会审美
也会送你一朵玫瑰

三十九（2018 年）

风霾起时，五官被吹散到混沌之中
一群嘴巴在风中争相漫骂
一群耳朵在风中偏听偏信
一群鼻子在风中寻嗅着铜臭的味道
五官在时空中混杂在一起
难以拼凑成象模象祥的脸

四十（2018 年）

野泽中的候鸟

在一声鸟枪中乱窜
漫天的惊恐，漫天的哀鸣
有了翅膀却很迷茫

鸟问人：翅膀有价值吗？
人反问鸟：飞翔能感知自由吗
人亦想飞，可翅膀在哪里呢
假如人拥有翅膀，可胆识在哪里呢

四十一（2018年）

已是深秋
不时传来掉落的资讯
秋风瑟瑟
几颗红柿子
稀稀落落，挂在枝头，炫耀着最后的坚守
回望激情的夏日
那一树自信满满的青涩果实呢

四十二（2018年）

我爬上山岗
我说，爽快啊，做人真好

南风吹来
一坡的树都在摇头晃脑，一副不以为然的样子

我走下山岗
我说，伤感啊，为什么要做人
北风瑟瑟
满树上的叶子都在交头接耳，一副幸灾乐祸的样子

四十三（2018年）

每个人都不情愿来到人世间
所有出生的婴儿都要痛哭一场
每个人都不情愿离开人世间
因为今生还有无限的憧憬
前世、今世、来世
就存在于这样依依惜别的轮回中

四十四（2018年）

湧浪如流动的山峦，山峦如静止的涌浪
影象之惑，在时空的意念里，混乱了我们的视听

四十五（2018年）

夕阳已沉落许久
海天之间
红
迟迟不肯退去
似黑人少妇
在涂抹性感的嘴唇

四十六（2018年）

一棵枯萎的树，站在郁郁葱茂的小树林里
正为当下的处境黯然神伤

严冬来临，所有的树都掉光了叶子
它心中窃喜：原来平等是这样简单的事

春天来临，每棵树都努力发芽、开花、结实
这棵树仍旧孤零零站在那里
它在质问春天：为什么不公平

四十七（1984年）

小雨，小雨

数不清扯断的丝线
我定要找出哪根不断
一头系着大地，一头系着云天

小雨，小雨
数不清扯断的丝线
我定要找出哪根不断
一头系着你的心愿，一头系着我的梦幻

四十八（1980年）

可怜的人啊，你又迷路了
你用电火湿润嘴唇
你拿罂粟献媚新娘
你把巧语当作良言
你将蛇皮当作霓裳

可怜的人啊，你又迷路了
你把烛光当作太阳
你将蠢猪冒充大象
你以虚假诋毁真实
你用仇恨取代善良

四十九（2017年）

思维还在思维，半张着嘴
尚有一丝气息
感觉只是感觉，忘记了综合
碎了一地

五十（1990年）

被冷冻是一种超脱
不必戴上手套
不必裹上棉衣
麻木是必须的
不管是谁
在你裸露的身上轻吻
都没有任何感觉

五十一（1982年）

风嘲笑漂泊的蒲公英：
“你真轻浮。”
大地说：
“你以为它的轻浮不是稳重吗？”

云赞誉屹立的长虹：
“你真稳重。”
太阳说：
“你以为它的稳重不是轻浮吗？”

五十二（2017年）

巍峨的大山
生成于破碎的泥沙
有序的银河
生成于无序的繁星
粗大的树干
生成于凌乱的绿叶
美丽的春天
生成于万紫千红
……
大千世界
因为碎了
所以完整
那就吟一首完整的诗吧
收拾好
曾经碎了的心情

五十三（2019年）

天空中飘几缕白云
便悟道了人生的迢遥

原野上开几朵小花
便体验了内心的妖娆

玉碗中放几枚绿茶
便嗅到了禅意的清香

人群中觅几许微笑
便获得了可心的福报

五十四（2019年）

幼稚的爱恋，是把鲜花奉上时，失去了自爱
过度的谦卑，是把脸面扔掉时，失去了自尊
狂热的崇拜，是把灵魂交出时，失去了自我
绝对的服从，是把理性囚禁时，失去了自由

五十五（2019年）

今晨，我消遥于梦中

海就幻化成巨大的水晶球
上面落满了梦蝶
庄子梦游而至
成全了这一场透明的梦中之约

五十六（2019 年）

风一直在走
云却没有跟上
云一直在走
雨却没有跟上
景致一直在走
脚步却没有跟上
脚步一直在走
心却没有跟上

我必须走入迷雾深入
尝试勾勒出
雾的轮廓和结构

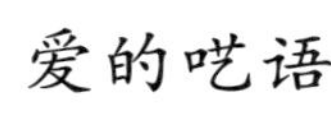

爱的呓语

一（1978 年）

你的呓语把我从迷茫的梦中惊醒
我静听着，又沉入迷茫的梦中

二（1989 年）

你的背影
怅然向我延伸
像是一条郁郁的游蛇
将我的心缠紧
你的背影
怅然向我延伸
像是一条幽幽的小径
引导我走向你的心门

三（1975 年）

窗外
下着小雪
感觉真美
她无情地从我眼前飘过
冷落了我哀伤的心

四（1977年）

没有什么光
像你的眼神
更使我迷惘
我忍受着猜测的苦恼
却在神秘的光中感到舒畅

五（2017年）

有人，很快就寻找到了
有人，一生都在寻找
过去，你曾在人海中寻找我
今后，你将在碑丛中寻找我

六（2016年）

爱
就像毒品
吸了
就兴奋
过后
却哀伤

七（1978年）

伫立在一丛丁香树前
任凭秋风将枯叶撒入心间

我不能用心灵中想象的丁香
去换取一片现实的森林

八（1976年）

少女点燃红唇
火苗轻灼他的心

她无意间闯入他思索的怀抱
恰似火苗般轻柔

九（1990年）

因离得太近
所以生成了日蚀
你的沉默
总在我心上留下阴影

因离得太远
太阳也会变成冷冷的星星
你远行天涯
就不想回归？

十（1978年）

太阳已沉入荒凉的大山
我希望也失望
河流已进入寒冷的冰期
我希望也失望
我飘在希望与失望的云里
为渺茫的爱去叹息

十一（1978年）

男人说他爱女人
男人在她所爱的女人中
制造他所恨的那个女人

女人说她恨男人
女人在他所恨的男人中
寻觅她所爱的那个男人

十二（1975年）

是你，美丽的女神
把我引入诗歌的天堂
而我却离弃了尘世

再也别想找回相爱的伴侣
街市靓影翩翩
唯有痛苦与我相拌

十三（1989 年）

离别时分
你深情地望着我
不忍辞别少女的妩媚
在你迎风摆荡的黑发中
隐藏着坚定的人生

十四（1987 年）

因为
你很像你的妈妈
一双深亮的眼睛
凝视我两鬓的胡须

所以
我有了你父亲的感觉
深深地醉入
你的情怀中

十五（2015年）

爱者
常置身于有雾的清晨
迷惑而又清醒

爱者
常醒在梦中
又梦在醒中

十六（1990年）

那天
我的思绪
宛如寻觅的蝴蝶
悄然偶落在
你怀春的花蕊上
从此
就没有了去意

十七（1998年）

我咀嚼着一颗青果
理不清是爱情还是友情
眼睛盯着云来云逝
想不透是相思还是相敬

一如张开的帆
再也收不回的激情
总被一股清风鼓满
说不明是静远还是悸动
我真想面壁十年
把野性的心收回
人到中年也该清醒
是浪迹红尘还是看破人生

十八（1980年）

我似乎察觉到
在你给我展示的一片黑暗中
还存有一朵希望的火花

十九（2017年）

春天就是一位画师
先点缀孤芳腊梅
再渲染风情樱花
然后添加万种绿叶
最后将我和你
描绘在春天的原野上

二十（1979年）

我就是太阳
我数到三
你的冰河就融化了
尽管冰冷，尽管冰冷
可我终于看到
你的清流闪烁出的春情

二十一（1990年）

我想象你在港湾小城
一定是金色沙滩
贝壳点点
一定是碧海蓝天
船帆灿灿

我想象你在港湾小城
一定是倩立礁石
海鸥翩翩
一定是沐海浴风
灵感冉冉

二十二（1979年）

野花在路旁自由开放
她不愿让人拿在手上

二十三（1988年）

在绚丽的原野里你说过
在幽密的黄昏里你说过
在秋天的落叶里你说过
在街市的灯影里你说过

紧握着我的手你说过
注视着我的眼你说过
依偎着我的唇你说过
静听着我的歌你说过

二十四（1989年）

那晚
垂落的秀发
半掩着你白皙的脸庞
犹如瀑布
悬挂在明丽的月亮上
粉色的着装
衬托出你少女的温良
秋归伴月
才知晓你瀑布般的畅想

二十五（1989 年）

深夜里
流星划出一道闪光
在我梦的意念里
你的眼睛忽然一亮

白昼里
一只红嘴鸟听我梦呓
只能领略你迷人一瞬
却不能细细地欣赏

二十六（1980 年）

世人嘲弄了我
起初是粗俗不堪的快娱
之后才是内心的懊悔
于是我的心才嘲弄了他们

她也嘲弄了我
起初是高傲的怜悯
之后才是讨厌和无所谓
于是我的心被伤透了

二十七（1985年）

今夜
月光如泉
你用纤纤双手
掬一泓
送我
淅淅沥沥
从指缝间滴漏
落在草丛里
被泥土吸吮
土壤
也变得透明了

二十八（1979年）

她的心变成了矛准备进攻
我的心变成了盾并未防守
心刺穿了心
盾对矛说：
你忍心吗
她咬咬牙：
你忍心吗
她神情呆滞
你忍心吗
她厌恶地离去

二十九（2017 年）

许多情感
就如同这枚叶子
在冬季藏梦
在春季萌发
在夏季喧哗
想必经历了无数风雨
却枯死在收获的秋季

三十（1991 年）

情感是顺风
鼓动我扬起风帆
让我勇于探索
让我迷梦难返

理智是逆风
提醒我收起风帆
对于我
你是遥不可及的海岸

三十一（1979 年）

你默默地向我倾诉
如一只春蚕在吐丝结茧

在纷乱的心绪中
我从最初的端点
沿着悠长的丝线
认真寻觅
直达你心底的另一端点

三十二（2017 年）

用情太深
是因为不可能
极力想象
是因为读不懂
永远怀念
是因为再难相逢
默默等待
是因为心灵感应

三十三（2001 年）

等候了这么多年
还是那把心锁
只是这开锁的钥匙

是否早已生锈

等了这么多年
还是那扇心门
只是这推门的手
是否还那么轻柔

等了这么多年
还是那个心结
只是这相爱的情意
是否还能弥新历久

三十四（2018年）

所有的平静
都是为了一次无法平复的燥动
等你许久了
我在想
远见你赴约的身影
该是一种怎样的心境

所有的燥动
都是为了最终永恒的平静
许多年过去了
我在想
为什么今夜的重逢
未曾平覆当年的激情

三十五（2018年）

许多年前
你就消失在人海里
你的灵魂
一直在我脑海里游荡

你的灵魂在我脑海里游荡
谁的灵魂在你脑海里游荡

三十六（1980年）

夜深了，初春的景风吹来
母亲说：睡吧
我却走出了家门

在宁静的原野上
追忆着喧嚣

我猜，上帝正在向春求爱
暂时失却了永恒的威严

三十七（1980年）

花被冷酷的狂风吹落了
根基亦被拔出大地
面对着枯萎
我对春天失望了吗

三十八（2018年）

第一次遇见，还没有交谈，就巳交心
第二次遇见，谈了许多，却心不在焉

三十九（2018年）

我不必拥有你的一生
只追忆一段美好情缘
我不必拥有所有风景
只裁剪一页可人画面

我不必拥有整个花园
只采撷一朵珍藏心间
我不必拥有所有泉源
只汲取一泓滋润心田

四十（1983年）

不，你不会逃之远远
这次是一场永恒的追逐
冬雪封住了上山的路
我也终会数尽你的脚印
为了一份开始
我终会等来怀旧的叛逃者

四十一（2010年）

那时，你是天使，
让我难以回避；
而今，你是恶魔，
让我无法解脱。

四十二（2018年）

都安静下来吧
让残月不再是失恋的象征
让冬阳去温暖那些受伤的心灵

都安静下来吧
让萧萧木叶安然落回大地
让范滥的心河收回复水

都安静下来吧
让无畏的疾风变的儒雅
让曾经的轻狂变的谦和
都安静下来吧
让欲望之火慢慢息灭
让博爱的雨露撒向人间

四十三（2019年）

风吹来，撩乱了天空
星星相互碰撞
发出清脆的风铃声

你来了，撩乱了我的心
眼神相互碰撞
撩乱了天空中的星星

四十四（2019年）

许多年过去了
你说你不幸福
我说我不幸福
两个不幸福会合成一个幸福吗？

许多年过去了
你说你幸福
我说我幸福
两个幸福会隐含一个不幸福吗?

四十五 (2019年)

我期盼着清晨
你对我微笑
所以在这个夜晚
我把门缝塞住
唯恐星星潜入我的陋室
我把窗帘掩死
唯恐月光浸入我的梦乡
我要在睡梦里
静静的听完
你把真爱翻译成一朵
被晨露打湿的山菊花

你的灵魂在我脑海里游荡
谁的灵魂在你脑海里游荡

结　语

人生是如一首长诗，亦梦亦幻，如果愿意，写诗释怀就可以成为一个人的生活态度和生活方式。这本诗集是一件心灵的礼物，今生曾与许多人擦肩而过，而这本诗集中的每一首诗都可能与某个人、某件事有关联。君陪伴了我，给予了我、启迪了我，若君能与我感同身受，就是对我的最大安慰了。对看到这本诗集的人而言，或许会觉得诗集中的哪些句子触动了你的心弦，那么，这本诗集就必定是献给你的。赠诗有缘人，我欣然收获心有灵犀的感知。

年轻的时代让人怀念，但如今夕阳已西下，人生还有几何？18岁那年，我从中学毕业后上山下乡，在邹城泗水河畔的一个小村庄里。那时，城里的书籍或封存，或焚烧，无书可看，何况荒远之地呢，而没有书看的生活是乏味的。那时，抒发个人的情调似乎是一种罪恶，被批为资产阶级的人性论，青春期的荷尔蒙无法释放，于是就开始悄悄写诗。后来，一生被不同的生活经历分割：上技工学校、当钟表工人、高考复习、上大学、在中学和大学教书等；有限的时间被生活中的琐事分割得支离破碎：结婚、养育孩子、赚钱养家、孝敬父母等。尽管如此，还是在碎了的时间缝隙中，将对生活的感悟通过诗歌的形式记录下来，以此方式来释怀自我的情感并与周围的人和大自然进行心灵的勾通。

这本诗集中的每首诗大都标注了年代，但没有刻意按照年代来排列诗歌顺序，只是随意将它们堆切在那里，之所以如此，就是想让诗集有一种碎了的感觉，读者在时空的交错中，或许会与我感同身受。可能在这个世界上，一切都是碎了的事物，飘浮在我们周围，需要通过主观意识将它们组合在一起，形成一种结构完整的、真善美的意象和认知，而若灵感来临，当在倏然间完成。如此，便得到一次快慰，亦释放一种情怀；如此，生命才有轻盈之感觉，而又能承受生活之沉重。

一生忙忙碌碌，幸福感总是那么迷离，那么遥远，永远在期待之中，又永远难以达到终极。如今整理出这本诗集，反复读之，总是兴奋不已，方才醒悟，原来幸福感源于此生琐琐碎碎的生活，源于对所经历的酸甜苦辣的深切体验，每每写诗的过程，也正是享受幸福人生的过程，也许出版了这本诗集，就真的成全了我终极之幸福感了吧。人到了一定年龄或许一切都变得淡然，都归于平静，应该没有百般的无耐和切骨的眷恋之痛了，很自然，人总会变老，也会变的更深沉。该发生的早就发生了，该释然的也已经释然了，如今只是不经意的回忆起来，又凝成一首首诗歌，或成一种纯文学的旨趣。

有意象，有情感就是诗，诗意存在于各种艺术形式中，如电影、戏剧、歌舞、小说、散文、建筑、音乐、雕塑、服饰等，也存在于一个人的谈吐行为和生活方式之中。当然通过文字表现，加上节奏感、韵律感，就有了诗的形式。具有诗意的语言和具有诗意的诗歌语言是有区分的。在诗歌中，那种意象的清灵，那种节奏的回旋，那种语言的和谐、那种情感的渗透、那种哲理的切入，一次次的让我享受到诗意的快感和人生的精美。某些现代派形式的诗讲究意象的新奇和词语的隐晦，这需要驾驭语言的能力和意象的大胆跳跃，在这方面我真的做得不好。也许只有当荷尔蒙分泌最多的年龄，诗才会散发出狂野的重口味和神喻的情愫，诗人的灵魂需要一生旺盛的荷尔蒙滋养吗？我的诗也许更小资。我写的诗，都是用来表达自我内心思绪的，也许不合时代的脉搏，缺乏对宏大叙事的激情。每一个时代，都应该诞生表现那个时代的作品，而表现就包含了对这个时代所有层面的表现，也包括自我对自我心灵的窥探。我写诗只是自愉自乐，孤芳自赏，从没有投稿发表，这次出版，是只想印几本精美的册子送给朋友，也算是满足一下当年文青的一个虚荣心愿。

诗歌是从天空中滴落的，是从大地中萌生的，是从清泉中喷湧的，是从晨露中结晶的，是从情人眼神中体会的，是从日月星辉中迸发的，是从梦幻中意象的，是从自然与社会的万象中感悟的。这本诗集如一簇山野的花，不管这花儿开的艳丽还是开的平凡，它至少是我一生中内心所能表达出的最真实的情愫，我会在这世间一隅，在上苍赐予的岁月中，常常琢磨和诵读那些曾经被我孕育的诗句，回味人生中的每一个令人怀念的时刻，亨尽诗意的芬芳。

芳隅

2017 年 9 月

于泉城济南

图书在版编目(CIP)数据

碎了,轻盈的感觉/芳隅著.—济南:山东大学出版社,2019.6

ISBN 978-7-5607-6027-8

Ⅰ.①碎… Ⅱ.①芳… Ⅲ.①诗集—中国—当代 Ⅳ.①I227

中国版本图书馆 CIP 数据核字(2018)第 037617 号

责任策划:姜　山

责任编辑:秦大忠

封面设计:张　荔

出版发行:山东大学出版社

社　址　山东省济南市山大南路 20 号

邮　编　250100

电　话　市场部(0531)88363008

经　销:新华书店

印　刷:济南巨丰印刷有限公司

规　格:880 毫米×1230 毫米　1/32

11.125 印张　166 千字

版　次:2019 年 6 月第 1 版

印　次:2019 年 6 月第 1 次印刷

定　价:60.00 元